平成椿説文学論

Tomioka Koichiro
富岡幸一郎

論創社

【目次】

平成という廃墟から……

平成という三十年あまりの時代を振り返ってみるとき、筆者のなかに広がるのは、「廃墟」のイメージである。それは戦争によって見渡すかぎり瓦礫の山となった焼跡の風景ではなく、高層ビルが林立し街は繁栄し喧噪をきわめるなかで、そこに居るはずの人間が消え去ってしまったかのような荒涼とした、空虚さにみちた光景である。「人間」というい い方はよくないだろう。日本人とはっきりいった方がいい。

平成三（一九九一）年の四月から翌年三月末まで、筆者はドイツのデュッセルドルフに滞在し、帰国するとバブル崩壊という聞き慣れない言葉が国中を踊っていた。平成元（一九八九）年十一月にベルリンの壁が市民の手によって崩され、翌九〇年には東西に分断していた「ドイツ国家」が統一する。奇蹟といわれた統一ドイツ実現の熱狂のさなかにかの地にいたわけだが、その年の十二月二十五日にはソ連最高会議共和国会議がソ連消滅宣言を採択し、文字通り東西の冷戦構造が崩れ去った。

世界は第二次大戦後の米ソ両大国の「戦後」体制の激変期をむかえていたのであった。

しかし、日本はその大きな歴史の波に乗ることもできず、政治は混迷し経済は次々と破綻をきたしていった。平成四年の非自民の細川護熙《もりひろ》政権、平成六年の自民党、社会党、さきがけ三党による村山富市《とみいち》社会党委員長による内閣など、政治上の混乱と椿事は、国家の漂流をもたらし、日本人が冷戦崩壊や経済の崩落に何ひとつ対処できなかったことの無惨なあかしとなった。

そして二十一世紀に入った平成十三（二〇〇一）年には、小泉純一郎内閣が誕生し、「構造改革」という名の「日本」破壊はさらに進み、米国の9・11テロ事件など世界の〈戦争〉状態のなかで、この国は政治も経済も失速し、景気の急落によって文化も永い停滞期に入る。その後の民主党政権の亡国内閣下での東日本大震災は、自然の災害と近代文明がつくり出した原子力という究極のエネルギーとが、巨大な災厄として結びついたという点で、まさに未曾有の出来事となった。それは現在も進行中の危機である。

平成から令和になっても、この三十年という時間のなかで露わとなった日本人の「廃墟」ともいうべき状況は、何ひとつ変わってはいない。むしろ御代《みよ》がわりやオリンピックなどという狂騒曲によって、戦後の〈危機〉を、「きれいごと」によって、見ようとしない方向に行っているのではないのか。

本書は、平成十七（二〇〇五）年から平成二十一（二〇〇九）年にかけて、漫画家の小林よしのり氏が責任編集をする総合雑誌『わしズム』に連載したエッセイを集めたものである。同誌では各号ごとに特集テーマが設定され、筆者もそれに合わすかたちで書いたが、一貫しているのは、平成という時代の内包する危機の諸問題を、主に文学作品を軸に論ずることであった。

昭和四十五（一九七〇）年十一月二十五日に、作家の三島由紀夫は市ヶ谷の陸上自衛隊東部方面総監室に、彼の主宰する「楯の会」の青年五人と共に入り、当時の益田兼利《ますだかねとし》総監を人質にし、バルコニーから自衛隊員に演説の後、割腹自決をした。三島の主張は、占領下につくられた日本国憲法（九条）改正のため立ち上がれというものだったが、それは戦後の日本人が高度成長による虚妄の平和のなかで、自分の存在そのものに嘘をつき続けることへの苛烈なる批判であった。自衛隊員に自らを否定する憲法をなぜ護ろうとするのか、と問いかけた三島は、政治問題でもなく、憲法の条文のことでもなく、何よりも〈言葉〉が真実を裏切ること、そのことを先鋭化したのであった。それは戦後二十五年、四半世紀目に起こった真の意味で文学的な事件であった。筆者は当時中学一年であり、三島のことも文学のことも何も知らなかったが、この「事件」をきっかけに文学にのめり込んでいくことになった。

自決の年の七月に、三島は「私の中の二十五年」という文章を新聞に発表し、その最後を次のように結んだ。

私はこれからの日本に大して希望をつなぐことができない。このまま行ったら「日本」はなくなってしまうのではないかという感を日ましに深くする。日本はなくなって、その代わりに、無機的な、からっぽな、ニュートラルな、中間色の、富裕な、抜目がない、或る経済的大国が極東の一角に残るのであろう。それでもいいと思っている人たちと、私は口をきく気にもなれなくなっているのである。

三島の自裁から来年の令和二（二〇二〇）年で五十年、半世紀の時が経つ。平成の三十年間とは、「或る経済的大国」をふくめた「日本」が「なくなって」いく時間であったといっても過言ではない。この平成という時代の崩壊し腐食してゆく「日本」を文学の言葉によってとらえてみたい、それが本書の試みに他ならない。政治学でも経済学でも社会学でもなく、文学が放つ言葉の力だけを信じたいとの思いもあった。もちろん、取りあげた文学作品は、「平成」期のものはほとんどなく、明治以降の作家、とりわけ昭和の文学、戦後文学であったことは、自明の理であろう。「平成椿説文学論」なるタイトルの由来も、またこの時代のイロニーの結果と申し述べておきたい。

第一論　文学における「戦争」と「平和」

吉田満『戦艦大和ノ最期』、大岡昇平『野火』

『戦艦大和ノ最期』の今日へのメッセージ

大東亜（太平洋）戦争の終結から七十四年、戦争を体験した日本人の数も少なくなった。日本の戦後の文学で、あの戦争を描き、死んでいった同胞への鎮魂として描かれた一篇の特筆すべき作品がある。

吉田満の『戦艦大和ノ最期』である。

昭和二十（一九四五）年三月二十九日、世界最大の不沈戦艦といわれた「大和」は、沖縄への特攻作戦に参加して、日本海軍最後の艦隊出撃をした。吉田満は、学徒出身の海軍少尉として、この「大和」に乗りこみ、哨戒《しょうかい》当直（敵を監視する）として、その戦いの一部始終を大局的に捕捉し、そして九死に一生を得て帰還したのである。すごいと思うのは、吉田満が、終戦の直後に、この自らの体験した「大和」の最期を記した草稿を、雄渾《ゆうこん》な文語体の文章でほとんど一日で書きあげたということだ。

「大和」の出撃の場面はこうである。

一五〇〇「大和」出港、艦静カニ前進ヲ始ム出港ハ港内ニ本艦一艦ノミ　秘《ひそ》カニシテ悠容《ゆうよう》タル出陣
碇泊ノ中ノ僚艦ヨリ　千万ノ眼《まなこ》、無言ノ歓呼ヲコメテ我ラニ注グ　ワレコソ彼ラガ輿望《よぼう》ヲ担ウモノ　一兵マデモ誇ラカニ胸張ッテ甲板ニ整列ス　想エバ、巨艦往《い》ッテ再ビ還ラザル最後ノ出港ナリキ

「大和」の司令長官は伊藤整一中将。第二水雷戦隊所属の九隻、巡洋艦「矢矧《やはぎ》」、駆逐艦「冬月」「涼月」「雪風」「磯風」「浜風」「初霜」「朝霜」「霞《かすみ》」。これらの精鋭が、「大和」を中心に輪型の陣を布《し》いて出港したのであるが、港内を出てゆくときの「大和」はただ「一艦ノミ　秘カニシテ悠容タル出陣」であった。

大東亜戦争の緒戦において、日本海軍がパールハーバー攻撃に見られるように、航空機によって多大な成果をあげたにもかかわらず、最終的には〝大艦巨砲〟の旧式の考え方から脱皮しえず、アメリカ軍の航空機攻撃のまえに、「大和」という巨艦をただださらすことになったのは、たしかに歴史の皮肉であろう。また、明治維新以来、西洋の文明を受け入れることにやっきとなり、「文明開化」をおしすすめて近代文明と技術の結晶としてつく

りあげた「大和」の最期が、特攻という、必敗を覚悟して滅びるという古い日本的な精神主義に殉じる他はなかったことも、歴史の運命のように思える。

しかし、いずれにせよ、「大和」という巨大戦艦には、日本人にとって未曾有《みぞう》の、あの戦争のひとつの真実が表象されていることに間違いはない。吉田満は、この「大和」と運命を共にすることになったのであり、生き残ることで、その真実を後世に書き遺《のこ》すことになったのだ。もしこの作品が書かれなかったら、戦後の日本人は、戦勝国アメリカの情報によってしか、「大和」の最期を知りえなかったかも知れない。

しかし、この作品が世に出るのは容易なことではなかった。そのことは言及しておく必要があるだろう。

そもそも『戦艦大和ノ最期』は、文芸批評家の小林秀雄の編集による『創元』昭和二十一（一九四六）年十一月創刊号に掲載されるはずであった。小林秀雄は亡き友人の中原中也の詩と、自らの評論「モオツアルト」とともに、無名の吉田のこの作品を掲載しようとしていたのである。小林秀雄は、『戦艦大和ノ最期』が日本人にとっていかに大切な、決定的な作品であるかを、その慧眼《けいがん》によってとらえていたのだろう。

しかし、これはGHQによって何と全文削除の指令を受けたのである。日本を占領した連合国総司令部は、米軍の「民間検閲支隊」（CCD）を中心に、当時徹底した検閲をおこない、新聞・雑誌・出版はもとより、それは個人の私信にまで及んだ。「大和」の最期をまさにレクイエム（鎮魂）として描きあげたこの作品は、戦争を肯定する文学であると見なされたのである。したがって、『戦艦大和ノ最期』が完全なかたちで刊行されるにいたるのは、占領が終結した後の、昭和二十七年の八月まで待たなければならなかった。

その初版のあとがきで、吉田満はこう記している。

私は戦場に参《さん》ずることを強いられたものである。しかも戦争は、学生であった私の生活の全面を破壊し、終戦の廃墟の中に私を取り残していった。――しかし、今私は立ち直らなければならない。新しく生きはじめなければならない。単なる愚痴も悔恨も無用である。――その第一歩として、自分の偽らぬ姿をみつめてみよう。如何に戦ってきたかの跡《あと》を、自分自身に照らして見よう――こうした気持で、筆の走るままに書き上げたのである。

もちろん、『戦艦大和ノ最期』は、たんに作者自身の個人的な動機にもとづいて書かれたものではなく、「大和」乗組員の九十パーセントが戦死したなかで、奇蹟的に生還をはたした者として、死んでいった同胞の霊をなぐさめる書であった。その意味で、この作品はいわゆるノンフィクションではなく、証人の言葉としての文学である。最近、現行版『戦艦大和ノ最期』のなかで、大和沈没後に救けを求める大和の乗組員らの手首を、救助艇の指揮官らが軍刀で斬ったと書かれたくだりが、事実に反するとの関係者の証言があり話題になったが、これによってこの作品の意味が減ずるわけではない（江藤淳が指摘するように、現行版には検閲の影響があったにせよ、初稿への加筆は全体としては作品にあきらかに厚みを与えている）。

ところで興味深いことには、『戦艦大和ノ最期』の最初の原稿を読んだ人物のなかに、小林秀雄とともに、若き三島由紀夫がいたということである。占領下において沈黙を強いられたこの作品を、吉田より二歳年下の、当時二十一歳の三島は手書きの草稿のままで読んでいたのである。

そして『戦艦大和ノ最期』の初版跋文《ばつぶん》に、新進作家となった三島は「一読者として」という題で、次のような感想を認《したた》めている。

いかなる盲信にせよ、原始的信仰にもせよ、戦艦大和は、依って以て人が死に得るところの一個の古い徳目、一個の偉大な道徳的基範の象徴である。その滅亡は、一つの信仰の死である。この死を前に、戦死者たちは生の平等な条件と完全な規範の秩序の中に置かれ、かれらの青春ははからずも「絶対」に直面する。この美しさは否定しえない。ある世代は別なものの中にこれを求めた。作者の世代は戦争の中にそれを求めただけの相違である。

戦後の日本人は、このような「一個の古い徳目、一個の偉大な道徳的基範の象徴」をふたたび見出すことができなかった。アメリカに敗れたのは、その物質的力量における彼我の差であり、とすれば物質と経済をひたすら充実させ拡散することが、われわれの最大の目標であるとやってきたからである。その結果、日本人はあの戦争を東京裁判でA級戦犯となった指導者たちの責任として、自分たちには他人事《ひとごと》であるかのようにふるまった。靖国神社のA級戦犯合祀問題についての、今日のかまびすしい議論も、ここに原因がある。

吉田満は、戦後に日本銀行に入行し、一人の経済人として生きたが、彼のなかに、「戦艦大和」と「その滅亡」は、三島がいうようにまさに「絶対」を垣間見た体験として消えることはなかったであろう。吉田満にとっての戦後とは、自らの世代が体験したこの「原始的信仰」を、その悲劇と美とを証《あか》するとともに、それをさらに乗りこえて、いかに「生きる」かということであった。昭和二十三（一九四八）年三月、吉田は日本カトリック教会で受洗している。その後、プロテスタントの信仰（昭和三十二年に日本キリスト教団駒込教会に入会）を得ることになる。「死と信仰」という文章で、吉田満は「終戦が来て、平和が訪れ、身辺が平静にかえるに従い、私は自分に欠けているものを、漠然と感じはじめた」といっている。

死に臨んでの、強靭な意志とか、透徹した死生観とかが、欠けていたのではない。静かに緊張した、謙虚に充実した、日常生活が欠けていたのである。死と面接したとき、そこにあるのは死の困難ではなくて、ささやかな自己である。そこで役立つのは、死相にこわばった自己ではなく、柔軟ななだらかな自分である。ただあるがままの、平凡な自分である。

吉田満にとって、戦後を「生きる」とは、決して散華の世代の一員として「生き延びる」ことではなかったであろう。むしろ、「静かに緊張した、謙虚に充実した」日常をあらためて生きることであり、それがとりも直さず同世代の無数の死者にたいする吉田の果たすべき責任であったはずである。「ささやかな自己」「平凡な自分」とは、日常生活のうちにただ埋没して死を忘却することではなく、英霊たちの静けさのなかにある声を聴き続けることではなかったか。われわれは今日こそ、『戦艦大和ノ最期』のその文体の格調がもたらす真摯《しんし》なメッセージに耳をかたむけるべきだ。その文語体のもっている深い響きとリズムは、七十年の歳月をこえて、今なお日本人にあの戦争の真実とは何であったかを問いかけずにはおかない。

眼ヲ落トセバ、屹立セル艦体、露出セル艦底、巨鯨ナドイウモ愚カナリ　長サ二百七十米《メートル》、幅四十米ニ及ブ鉄塊、今ヤ水中ニ躍ラントス　フト身近ニ戦友アマタヲ認ム　彼、マタ彼（中略）視界ノ限リヲ蔽《おお》ウ渦潮　宏壮ニ織リナセル波ノ沸騰　巨艦ヲ凍テ支ウ氷ニモ似タル、ソノ純白ト透明　更ニ耳ヲ聾《ろう》センバカリノ濤音《なみおと》、一層ノ陶酔ヲ誘ウ　見ルハ一面ノ白、聞クハタダ地鳴リスル渦流　「沈ムカ」　初メテ、灼《や》ク如ク身ニ問イタダス、ソノ光景ノ余リニ幽幻、華麗ナレバ、唯事《ただごと》ナラヌ予感ニ脅エタルナラン（中略）カカル大艦ニテハ、半径三百米圏内ハ危険区域ナリトイウ　救出決定遅キニ過ギ、コノ距離ヲ泳ギ抜ク余裕ヲ奪ウ　総員戦死、コレ運命《サダメ》ナリシナリ（中略）徳之島ノ北西二百浬《カイリ》ノ洋上「大和」轟沈シテ巨体四裂ス　水深四百三十米《メートル》　今ナオ埋没スル三千ノ骸《むくろ》彼ラ終焉ノ胸中果シテ如何

想像力としての「戦争」体験

戦後の日本文学のなかで、今日も読みつがれるべき作品として、もうひとつ大岡昇平の『野火』（昭和二十七年）をあげておこう。これは戦争文学の代表的作品であるとともに、現代文学の傑作である。

大岡昇平は、学生時代から小林秀雄や中原中也といった文学者たちと親しく交際し、フランス文学（とくにスタンダール）の影響を受けて、それまでの日本の近代小説の伝統的な流れと異った、硬質で論理的な文体を日本語に定着させたのである。『野火』は、その意味では戦争を描いた小説というよりは、戦争（戦場）を体験した者にしか見えてこない、

人間の心理の極限を描き出した、一種の心理小説といってもいいだろう。

昭和十九（一九三四）年六月、三十五歳の大岡昇平は召集を受け、妻子を残したままフィリピンのミンドロ島に一兵士として送られる。十二月、マラリヤで発熱し生死の境をさまよっているとき、自らが翻訳したバルザックの『スタンダール論』が手元に届く。そして米軍の上陸作戦がはじまり、部隊は山中に退避するが、翌年一月、大岡は米軍の俘虜《ふりょ》となって野戦病院に収容されるのである。その後レイテ島の収容所に入れられるが、昭和二十年十二月に復員し、神戸へと疎開していた家族のもとへ帰る。

上京した大岡を待っていたのは、小林秀雄であった。伊東の旅館で「モオツァルト」を執筆中の小林は、雑誌『創元』に従軍記を書くことを強くすすめる。これが『俘虜記』というフィリピンでの体験を記した著作となり、やがて『野火』を生むことになるのだが、小林秀雄という稀代の批評家が、自ら編集する雑誌（『創元』は三号で廃刊となった）に、吉田満と大岡昇平という二人の書き手の作品を求めたのは偶然ではなかったろう。『野火』は、フィリピンのレイテ島の戦場で結核に冒され、中隊から追い出され、また野戦病院にも入れてもらうことができない田村という一等兵が、野火の燃えひろがる原野を彷徨《さまよ》うさまを描いた作品である。日本軍はすでに上陸した米軍にたいして組織的な戦闘をする力を持たず、兵士はそれぞれ島の南端へと敗走をはじめていた。一人となった田村は、部隊を出るときに渡されたわずか数本の芋と旧式の三八銃を持って、ゲリラの攻撃から逃れつつ、死を覚悟して最後の時間を、孤独のうちに過ごす。アカシアの大木が聳《そび》える部落を通り、敷きつめた火山の砂礫《されき》が褐色に光る道を歩きながら、陽光のあふれる原野へと足をすすめて行くのである。『野火』は、このレイテ島の熱帯の自然のなかで、しだいに近づいてくる死を意識する主人公の心理を、鮮烈に描き出す。

マニラ城外の柔らかい芝の感覚、スコールに洗われた火焔樹《かえんじゅ》の、眼の覚めるような朱の梢、原色の朝焼と夕焼、紫に翳《かげ》る火山、白浪をめぐらした珊瑚礁、水際に蔭を含む叢等は、すべて私の心を恍惚に近い歓喜の状態においた。こうして自然の中で絶えず増大して行く快感は、私の死が近づいた確実なしるしであると思われた。

しかし、死は決して美しいものではなく、田村はやがて極度の飢えに襲われ、廃墟となった村の教会に降りて行くが、そこで遭遇したフィリピン人の女を発作的に銃でうち殺してしまう。そして自分の血を吸った蛭《ひる》まで食べたあげく、路傍に散乱する友軍の屍体《したい》に目を向ける。

『野火』の後半部は、錯乱に近い状態までに衰弱した主人公の、生の本能と死への欲動の葛藤が、幻想と現実の交錯のなかに生々しく描かれる。堅固な心理描写のなかに、散文詩のような光の断面が浮かびあがり、戦場と飢餓の極限状況が、何を人間にもたらすのか、その身心の闇があきらかになって来る。

> もし私が神に愛されているのがほんとうなら、何故私はこんなところにいるのだろう。こんな蔭のない河原に、陽にあぶられて、横たわっていなければならないのか。雨は来ないか。水は涸れ、褐色の礫《こいし》の間に、砂が、かつて流れた水の跡を示して、ゆるく起伏しているだけである。
> 雲もなく、晴れた空は、見上げると、奥にぱっと光が破裂する。眼を閉じる。
> 何故、こんなに蠅が来るのだろう。唸って飛び廻り、干いた頬に止って、むずむず動く。(中略)何故私の手は、右も左も、蠅共を追い払おうとしないのか。私の体はただだるく感じる。しかし私の心は、自分が生きなければならないという理由だけで、他の生物を食うのは止《よ》そうと決心した以上、自分が食われるのを覚悟しなければなら

ぬ、だから私の手は、私の粘膜を貪る昆虫を追おうとはしないのだと思う。

（傍点原文）

しかし、田村一等兵はその後仲間の兵士と落ち合ったことから、彼らが「猿の肉」といっているものを口にする。『野火』は最後で、奇蹟的に生きて祖国に帰ってきた主人公が、東京郊外の精神病院に入っているところが描かれているが、山中でゲリラに捕えられたときの傷で記憶を喪失した彼は、だが自分の生をきわめて冷静に眺める。そのなかで記される次のような言葉は、作者自身の声でもあったろう。

戦争を知らない人間は、半分は子どもである。

「戦争を知らない」とは、つまり直接の体験の有無だけをさしているのではないと思う。むしろ、戦争というものに対する、多元的な眼差《まなざし》と想像力の欠如のことである。その意味で、今日の日本人は「半分は子どもである」。

戦後七十年以上、われわれは戦争にたいして、ひたすら厭戦《えんせん》の気分を示してきたが、反戦平和のスローガンが、そうした気分と戦後左翼思想のイデオロギーのアマルガムによって形成されてきたのはあきらかである。私自身も『非戦論』（NTT出版、平成十二年）という本でくりかえし指摘したが、そうした〝戦後的〟な平和論はすでに限界に達しており、あらたな発想と歴史への省察のなかから、より根源的な平和論の構築が求められている。

大岡昇平は『野火』において、また後年『レイテ戦記』（昭和四十六年）を著わし、自身の体験した戦争を、個と全体の視点からとらえてみせた。それはたんに小説家の仕事というより、やはり歴史の証人としての文学というべきものだ。

戦後世代は、あの戦争についての正義と誤謬《ごびゅう》について明確な思想と言葉で語ることを十分にしてこなかった。アジアの諸国にたいして「謝罪」をしなければならないと今日のリベラル派の知識人はいうが、それには大東亜戦争そのものを、歴史のなかでいかにとらえるかという冷静な議論が、当然不可欠であろう。それなくしては、いくら謝罪のコトバを並べたとしても相手は納得しない、それどころかお互いの排他的なナショナリズムを昂揚させるだけである。

日本の戦争文学は、たしかに吉田満の『戦艦大和ノ最期』や、大岡昇平の『野火』や

『レイテ戦記』のような作品を残した。しかし、ロシアの文豪トルストイが祖国の戦争を、巨大なスケールと緻密な論理によって描いた『戦争と平和』のような文学作品を、われわれはまだ手にしていない。トルストイ自身は、自分が直接体験したわけではない祖国の戦いを、まさに戦後世代の想像力によって描ききったのである。文学の役割は、決して小さくはないのである。今こそ、日本人の手になる『戦争と平和』よ出でよ！　と声を大にして私はいいたいのである。

第二論　戦前・戦中日本人の東亜への真摯な態度

中島敦『南島譚』

アイデンティティの確認と他民族との交わり

昭和十六（一九四一）年の六月、横浜の高等女学校の教師で、小説家志望の一人の青年が、南洋群島（ミクロネシア）のパラオ、コロール島へと渡って行った。

仕事は、南洋庁の国語教科書を編集することであった。家族を日本に残して、単身ではるか南方の島に赴任したのには、それなりの理由がある。彼はもともと喘息《ぜんそく》の持病のために、どこかへ転地療養を考えていたのであり、第一高等学校に入って以来、作家になることを目標としながらその夢を果たせずにいる状況を転換させる、ひとつのチャンスにも思われたからである。

元来、自己というものを追求する、内面的な性格の彼は、南方の島々の自然、その青い海、珊瑚礁、椰子の木、そしてあらゆるものの上に降り注ぐ常夏の太陽を、こころひそかに求めていたのかも知れない。そうした未知の大自然のなかに身を投ずることで、何かが変わるだろうという思いがあったはずだ。

この三十一歳の青年こそ、『山月記』や『李陵』などの独自な作品世界を遺した中島《なかじま》敦《あつし》であった。

南洋庁とは、第一次大戦後に、ドイツ領であったミクロネシアを、日本が国際連盟の委任統治地域として管理するために設置されたものである。そこでは南洋に在住している日本人の子弟と、現地の島民の子どもたちのために、それぞれの教育制度が用いられ、言語、風俗、習慣を全く異にする現地人向けの公学校がつくられた。

日本語の普及は、日本の植民地化、統治下にあった朝鮮半島、台湾、満州、そしてミクロネシアなどにおいて、いわば国策によって進められていた。戦後、こうした日本語を「国語」として各地域において教育したことにたいして、文化侵略であるといった批判があるが、近代国民国家をいまだ形成していなかったアジア諸国（欧米列強の植民地支配下にあった）にたいして、日本政府が、日本語を普及させようとしたことの功罪については、今日改めて問い直さなければならないだろう。

中島敦は、友人の文部官僚のすすめで南洋庁へと派遣されたのであり、彼自身のなかに日本語教育への使命感がどれほど強くあったかはわからない。しかし、昭和十六年の六月から翌年三月に帰国するまで、各島々を巡回し、公学校での教育を視察して国語教科書の編集の仕事をしている。

彼が見聞した南洋の風物や、人々の暮らしに接することは、ただ異文化にふれるといった悠長なことではなく、日本語を教えるというきわめて具体的であり、それゆえに島の人々に直接に向き合う行為であった。それは彼自身が、否応なく日本人としてのアイデンティティを確認しつつ、他の民族と交わらなければならない経験であったろう。そこには、それまでの白人支配を脱却した、アジアの民の真剣そのものの交流があったのはたしかなのである。

「三羽の雞《とり》」が問いかけた謎

作品集『南島譚』は、昭和十七年の十一月に刊行されるが、三十三歳と七カ月でこの世を去らなければならなかった中島敦にとって、このミクロネシアの島々での生活が、大きな意味を持っていたことがわかる。

そのなかの『雞《とり》』という一篇を見てみよう。

ある島の公学校を参観したときのことである。

そこの日本人の先生は、一字一句はっきりと、怒鳴るような大声で、ボロボロのシャツをまとった数百の黒い男女生徒にむかって語った。

先生をごまかそうと思っても駄目だ。先生は怖いぞ。先生のいうことを良く守れ。いいか。分ったか？　分った者は手を挙げよ！

子どもたちは一斉に手を挙げた。その後で、先生は「私」に、「島民にはですな、あの位の調子で威《おど》しとかんと、後まで抑えがきかんですからなあ」と明るく笑って語った。「私」はこの光景に最初はとまどいを覚えるが、ほどなく断乎たる強制のほうが、島民にとっては理解しやすいという事実に気づく。彼等には「怖い」と「偉い」とがまだ分化していない場合が多かったからである。しかしまた、「私」は「一人の土民の老爺」と付き合うなかで、現地人とのコミュニケーションのむずかしさ、不可解さを思い知らされる。愛想のいいつねに上機嫌に見えるその老人は、手先も器用で、パラオ民俗の神像や神祠などの模型をつくるのが上手であったので、「私」はそうした品々を彼につくらせた。礼として五十銭を差し出すと、ニヤリとして頭を下げたが、やがてそれだけでは手を引込めなくなり、七十銭になり、八十銭になり、一円となる。模型のほうも手抜きの仕事が目立つようになる。またその老人は島民の間で広まった新宗教結社の仲間を、警務課に密告しては多額の賞金をもらっていた。仕事の誤魔化しにたいして腹を立てた「私」は、ある日、ついに老人を面罵し、金が欲しさに友人を裏切るような下劣な奴は許せないと怒鳴ると、老人は突然「石の様な無表情」になり、外界との完全な絶縁状態を呈する。その何ものにも反応しない物のようになった老人は、沈黙の半時間の後、すうっと「私」の部屋から出て行き、それきり姿を見せなくなった。気づくと、老人が来る前に机の上に置いていた「私」の上等な懐中時計が消えていた。

その後、時を経て、ひどくやつれた老人が「私」を突如訪ねて、死期が近いのでパラオの病院からあるドイツ人医師のところへ移りたいので紹介してくれと頼み、そうしてやるとかつて一度も見せなかったほど幾度も頭を下げて繰返し礼を述べた。三カ月程経って、見知らぬ土民青年が一人、「私」を訪ね老人の死を伝え、爺さんに遺言された御礼の品を差し出した。それは一羽の牝雞《めんどり》であった。その二、三日後また一人の土民が同じように爺さんからといって雞の入った椰子の葉のバスケットを持って来た。さらに翌日、もう一人が来た。何故三羽も、と思う「私」に、島民はこう説明した。一人だけに頼んだのでは、猫糞《ねこばば》されるおそれがあるので、爺さんは万全を期して三人に同じことを委嘱したのであろう、と。島民の生活において雞がいかに大切であるかを知っていた「私」は、少なからず感動したが、死んだ老人が自分の親切にここまでして報いようとした心情は一体何であったのか、謎であった。人間の性情は、良い時もあれば悪にも傾くといった一般的な説明では、「私」は決して満足できなかった。

西洋にはない「南海の人間」との向き合い

その不満は、実際にあの爺さんの声、風貌、動作の一つ一つを知りつくして、さて最後に、それ等からは、凡《およ》そ期待されない此《こ》の三羽の牝雞にぶつかった私一人だけの感ずるものなのかも知れない。そうして恐らくは、「人間」はというのではなしに、「南海の人間は」という説明を私は求めているのでもあろう。それは兎《と》も角《かく》として、南海の人間はまだまだ私などにはどれ程も分っていないのだという感を一入《ひとしお》深くしたことであった。

作家はこう最後の行を結んでいる。

これはむろん小説であるが、ここにはただ植民地統治として日本語を教えるという仕事をこえた、一人の日本人作家と現地人との真摯な向き合い方が見てとれる。

西洋をまねて近代化された国民となった「日本人」と、国民そして国語といった意識すらもない、自然の原始のなかに生身で暮らす「土着民」との決定的な感情の距離。それでも、そこに互いを少しでも知り、近づこうとする熱い思いがある。しかし、そこでは西洋近代の普遍的な「人間」などという概念は、全く通用しないのだ。

ユニバーサルなもの、今日ふうにいえば、グローバリズムは、あきらかにここでは幻想にすぎない。眼の前にいる、不思議な魅力を放つこの老人の存在は、「人間は」といった、文明人のヒューマニズム（人間中心主義）をやすやすと突破してしまう。

植民地支配を他国民の抑圧といって今日批難することは容易である。統治下の日本語教育を「言語帝国主義」として批判することは簡単である。しかし、統治下の現実を、西洋列強にかわって近代国家・日本の帝国主義的侵略であったと一面的に決めつけることは、むしろ戦前・戦中の日本人の、東亜にたいする真実の態度と姿を見逃すことになるだろう。

中島敦は、日本人の青年として、矛盾する思いに引き裂かれながらも、「南海の人間」

にしっかりと対峙しようとしたのであった。パラオから帰国した中島は、その余命を燃やして、奇蹟のような名作を、わずか八カ月で発表するのである。南洋の島々はこの作家に、天と自然の力を与えてくれた。

第二論　アジアと資本主義

新渡戸稲造の植民政策論、野間宏『さいころの空』

植民地というイメージ

戦後教育を受けた世代が、今日、日本の指導層や社会の要職の大半をしめるようになっているが、その世代にとって「植民地」という言葉はほとんどマイナスイメージ以外の何物でもないものになっている。

日本の帝国主義時代の植民地支配という、負の遺産。台湾、朝鮮、そして中国(満州)の植民地支配は、それぞれの民族の自由をうばい、一方的な搾取がおこなわれ、日本軍による虐殺すらあった。つまり、〝日帝支配〟はひたすら〝悪〟であるという条件反射が返ってくる。もちろん、それは戦前において価値があり、尊ばれていたものを、戦後はことごとく否定し葬り去ってしまうという倒錯的な史観が、この七十年のあいだに、日本人の頭と心に文字通り刷り込まれた結果に他ならない。

そもそも戦後教育においては、日本の植民地とはいかなるものであったのかという、ごく基本的な知識すらも伝えられてはこなかった。戦前・戦中の〝悪〟として、それにふれることさえ一種のタブーとされた。いわゆる南洋群島、ミクロネシアの島々が、第一次大戦後に日本の委任統治にあったという事実、そして日本人がその時代にいかに現地の人々と接したかということを、今日の日本の若者は知るよしもない。それは無知ではなく、そのような戦前の歴史的事実を、戦後教育があたかも全くなかったもののように消し去ってしまったからだ。戦時中の教科書の記述を、敗戦後に子どもたちに墨塗りをさせたことは有名であるが、それは占領軍による強制や権力である以上に、実は日本人のなかに、戦前の価値観や学問を否定することで、戦後のジャーナリズム、アカデミズムの〝権威〟となった進歩的文化人が烏合《うごう》の衆のごとく存在したからである。東京裁判史観にしても、今日まである呪縛を持っているのは、そこに内側から迎合してきた日本国内のイデオロギー勢力があったからだ。

日本の植民地政策学の創始者であり開拓者

ここでは今日では忘れられ、そして忘れさせられた、戦前の植民地学のフロンティアともいうべき人物の仕事についてふれてみたい。

それは内村鑑三らと共に札幌農学校を卒業し、北海道の開拓をなしキリスト教の精神を体現した新渡戸稲造《にとべいなぞう》である。むろん、この名前を知らぬ者はないだろう。とくに、明治三十三（一九〇〇）年に英文にて著わした『武士道　日本の魂』は、国際連盟の事務次長としても活躍した新渡戸が、西洋人にたいして日本人の精神と道徳のバックボーンを示した名著として、今日も読みつがれている。ここ何年かは、『武士道』リバイバルが続き、台湾の前総統の李登輝氏は若い頃からの愛読書としてこの本を改めて日本人にすすめている。グローバリズムの嵐に翻弄される現代こそ、「日本人の心」を取り戻す必要を説いている（李登輝『「武士道」解題』小学館、二〇〇三年）。

『武士道』はたしかに新渡戸稲造の代表的著作である。しかし、彼の生涯をトータルに見れば、日本の植民地政策学の創始者であり、その開拓者としての存在にむしろ重きがあるといえるだろう。

新渡戸は明治十四（一八八一）年七月に札幌農学校を卒業して、開拓使の御用係として北海道各地を回り、農業の普及に努めるが、明治十七年には渡米して、経済学、農政、行政、国際法、歴史学、英文学などの幅広い学問領域を学び、さらにヨーロッパへと足をのばす。帰国して札幌農学校教授、北海道庁技師を兼任しながら、植民地選定事業に関与する。転機は、たびかさなる後藤新平（台湾総督府民政長官）よりの勧誘を受けて、明治三十三（一九〇〇）年に総督府技師、殖産局長の役職を引き受けたことであった。

新渡戸の名は、セオドア・ルーズベルト米大統領が絶賛しすでに七カ国語に翻訳されていた『武士道』によって、そして農学博士としての『農業本論』『農業発達史』の仕事ですでによく知られていたが、後藤はこの三十九歳の俊秀に、台湾の殖産興業の発展を託した。台湾へ渡った新渡戸は、半年かけて全島をめぐって、殖産興業として精糖業こそ最もふさわしいと確信し、欧米諸国とその植民地を視察して糖政の具体的なプランをつくりあげたのである。外国から台湾の風土にあった品種を入れて、砂糖キビの改良をおこなうとともに、工場を充実させて、砂糖生産量を飛躍的に増大させた。日本が台湾に入る前に年間五万トンだった生産量は、昭和十一（一九三六）年には年産百万トンにもなったという。こうして砂糖は台湾の最大の輸出品となった。

ここには新渡戸の農政学者としての知識と行動力があったのはいうまでもないが、彼が技師という現場の役職を自ら希望して、台湾の産業に大改革を起こしえたのは、植民政策というものの意味をきわめて重要なものとして、深く理解し考えていたからである。

それは植民とは、自国の利益や領土の拡大のために、他国を一方的に支配し、搾取するということではないという信念に裏づけられていた。「われ太平洋の橋とならん」という言葉で知られるように新渡戸稲造は、当時の日本において抜群の国際人としての感覚を有していた。また、西洋列強の産業力の大きさとそのアジア地域にたいする帝国主義的な植民地政策が、いかなる差別と問題を東洋諸国において、その民族にたいして惹起せしめているかも知悉《ちしつ》していた。西洋文明による東洋支配としての植民地主義が、実のところ千五百年に及ぶ西洋文明の下降期と、停滞していた東洋文明の上昇期が交差する点における（十九世紀後半からの）、過渡的な形態であるという、まことに巨視的な文明論的考察のもとに見ていた。

明治三十六（一九〇三）年、台湾総督府の嘱託を兼ねて、新渡戸は京都大学において植民政策の講義をなす。さらに東大においても植民をテーマにした講義をおこない、農業経済学者たる新渡戸は、日本における植民地学の創始者となったのである。

欧米列強に対する強力なアンチテーゼ

その実践はすでに述べた通り台湾の産業への尽力にあきらかであるが、その植民地学、植民政策の研究は、当時の東大での講義を受けた弟子の矢内原忠雄（内村鑑三門下のクリスチャンであり、後に自らも植民地学を講じ、反軍国主義の自由主義者の代表でもあった）の協力をえて、『植民政策講義及論集』としてまとめられている。

その著作の最後で、新渡戸は「植民の終極目的」という章を設けている。

個人は自己の欲する方面に移住せしとし、移民会社は適当の地方を探求して其事業の経営に努め、国家は各領土の拡張を計りて自国民族の発展に汲々たり。然るに凡そ人類万般の事業中拓地植民の如く其終極目的の不明なるものなかるべく、又経営の難きものもあらざらん。

人類の事業としての「拓地植民」は、その最終的な目標をどこに置くべきなのか。西洋列強のように、ただ「自国民族」の「発展」をめざしていけば、そこには衝突が起こり、領土拡張のために争いがくりかえされる以外はない。

新渡戸はこのような世界の現実を前にして、大英帝国のそれとも米国のそれとも異なる、「人類」のための「終極目標」としての植民政策の道を示すのである。

土地は天与の賜にして国籍の区別を問わず人種の差別を論ぜず人類の為めに最もよく利用する者に帰す。（尤《もっと》もかくいひたればとて国家の領土権を排するの要なし。）広漠なる原野を有しながら之を利用せずして徒《いたずら》に雑草の生茂るに委するは独り天の意に背くのみならず又人類一般に対する罪科なりとの議論の行はるる日必ず来るべし。我国徳川氏の終りに諸外国開国を求むるや同一論法を以てし、世界の一部にありながら他の部分と交を絶つは天も人も容さざる所なりと論じたり。

国家の領土はそれぞれ有しながらも、植民政策はただ自国領土の拡張としてではなく、その土地を開拓することで、国をこえて、人種をこえて、「人類の為めに最もよく利用する」ことを実現できる役割を荷《にな》った者がおこなうべきだというのである。これは欧米列強の植民地主義にたいするあきらかなアンチ・テーゼ（反論）であり、黒人や東洋人差別をこえて世界が進むべき殖産の理想を説いたものであろう。

此の如くにして土地一度開放せられなば朔風荒れ、氷雪埋むシベリヤの荒野にも、炎熱焦し獅子吼《ほ》ゆるアフリカの大陸にも、赤道直下椰子の樹茂る南洋の島々にも、足跡未だ印せず斧鉞《ふえつ》未だ入りしことなき南米の大森林が太古乍ら蓊鬱《おううつ》たる処にも、これを拓きこれを耕すに最適したる者移住土着して植民の目的を遂ぐべきなり。即ち土地を最もよく利用する者、或る意味に於ては土地を最も深く愛する者こそ土地の主となるべしけれ。

戦後日本のアジア支援に傲りと錯誤はないか

新渡戸のこのような植民地学が、ただのユートピアや理想主義でなかったのは、台湾での彼自身の実績とそれにたいする台湾の人々の現代にまで及ぶ高い評価と感謝からもあきらかだろう。もちろん、日本の戦前の植民地政策が新渡戸のような理想に基づいて全ておこなわれたわけではない。大東亜戦争がアジアの解放と独立をうたいそれを実現しようとしながら、一面において西洋型の帝国主義と植民地主義に陥ったことは認めなければならない。しかし、戦前の日本の植民地政策をそれゆえにただ忌むべきものとして歴史の彼方に追いやってしまうのは誤りであろう。少なくとも、新渡戸稲造のような日本人の精神と伝統を持ちつつ、国際社会の表舞台において、堂々と西洋諸国とわたりあえた人物が、そのライフワークとして植民地学を探求した事実は決して忘れられるべきではない。

新渡戸が創立した東大の植民政策学講座は、戦後廃止された。それは国際経済論として改められた。しかし、そこから戦後七十年の間に、新渡戸のような国際人として存在感のある人物が現われたであろうか。経済大国となった日本は、アジア諸国にたいしてODAをはじめ経済支援を続けてきたが、日本の国連安保理常任理事国入りにたいするアジア諸国の反応は冷淡である。そこにはかつての新渡戸が示したような植民政策の「愛」とは正反対の、戦後日本の経済至上主義、金で何でも解決できるという傲《おご》りと錯誤があるからではないか。

日本人は今、戦前の葬り去られた自国の歴史のなかに、われわれの現在と将来を切り拓く勇気と知恵があったことを改めて発見すべきときだろう。

虚構の経済と文学のリアル——野間宏『さいころの空』

平成の三十年とは、狂った資本主義の時代であった。問題は、金融資本主義とマモニズム（拝金主義）そのものが、グローバリズムのなかで地球全体を大きなカジノ賭博と化しており、そこで「人間」は、いかなる道徳や規範に拠って立つことができるのかということではないのか。この三十年は、経済をはじめとする社会全体が、「構造改革」という錦の御旗によって、これまで実体としてあった日本的慣習や道徳がこれでもかというほどに破壊されたあげく、ひとつの巨大な空洞と化してしまった。政治も経済も、マスコミも世論も、フェイク、まさに虚業と化したのである。

興味深いことには、こうした日本社会の全的な虚業化、虚構化のなかで、改めてリアリティを帯びて見えるのが、文学という虚構なのである。

以前にライブドアのホリエモン逮捕で、三島由紀夫の初期の長篇『青の時代』が話題となったのは記憶に新しい。昭和二十五年に発表されたこの作品は、「光クラブ」という高利金融会社を経営していた東大生の起業家が、物価統制令、銀行法違反の容疑で逮捕され多額の負債により青酸カリ自殺をした事件をモデルにしている。敗戦後の混乱期に、既存のルールや価値の崩壊のなかから現れたこのアプレ・ゲール（戦後派）の若者は、当時世上の話題をさらった。たしかに日本的経営や秩序の瓦解のなかに、若きヒーローとして迎えられた堀江貴文と似たところはあるが、ライブドア事件などを考えるとき、もうひとつ忘れてはならない小説がある。

それは野間宏が昭和三十四（一九五九）年に刊行した長編小説『さいころの空』である。作中の時間は、昭和三十二年の八月中旬から十月初めまでの約二カ月間、証券市場の兜町と商品市場の蠣殻町《かきがら》を舞台にして、三十歳の若き相場師・大垣元男を主人公にしたこの作品が発表されたとき、兜町や北浜の人々は、これが投機によって大金を手に入れて経済界にのしあがる青年の出世物語と思い込んで買いに走ったという伝説がある。時代はいつもマモン（財宝・金銭）にまつわる波瀾万丈の英雄伝説を求めるのであり、大衆はまたそのヒーローの転落をよろこんで眺め、喝采を送ったり溜飲を下げたりするのである。

しかし、『さいころの空』はそんな単純な〝大衆〟小説ではない。この作品は、ふだんは文学など読まず、株でひともうけしようと思惑する人々を満足させるようなものではなかった。たしかに主人公の大垣は、投機の場として株から商品へと移り人絹糸の売り買いによって大金を手にする。無名の青年はそこからエスタブリッシュメントの世界や怪情報の渦巻く闇社会のなかに入って行く。また四大証券（日興、山一、大和、野村）の独占的な投資信託経営が確立していくなかにあって、それと戦う中小の証券会社（兜町の独立派といわれる老人の相場師が登場する）などの対立の狭間に、大垣は呑み込まれて行くのである。だが、それは相場の世界を描いた「社会」小説や「経済」小説にとどまらないのであり、『暗い絵』や『真空地帯』といった作品で、戦前・戦中の政治、思想、社会、戦争、軍隊などを多層的に描き出した野間宏ならではの「全体小説」となっている。「全体小説」とは、人間存在の全体をとらえるために、「生理、心理、社会の三つの要素を明らかにし、それを総合する」という、いかにも戦後文学の作家らしい重厚長大な文学的野心であり理想であった。一九七〇年代前半ぐらいまでは、そのような理念を掲げた文学が少なからず存在したのであり、それを十分に読みこなすだけの読者もいたのである。

ウリとカイの果ての「混沌」と「死」

さて、『さいころの空』は投機から管理へと日本の資本主義が移行する、戦後の高度経済成長のはじまりを浮きぼりにしているが、ウリとカイの乱流のなかで投機、賭博というものが、人間の欲望の深みにおいてどのような動きをなすのか、それがさまざまなイメージによって鮮烈に描き出されているのだ。それは当時の経済状況とは異なる現代のＩＴ時代の市場経済においても共通するものであろう。

主人公の大垣は絶えまなく変動をくりかえす相場の世界を、自身の体感でとらえるのである。

自分のまわりのすべてのものが動顛《どうてん》しつづけているのを大垣は見ていた。ほんのいま五分前までは、如何なる力をもって押そうともくずれることのない固さをもってつみ上げられていた商品世界が、いまはただその自分の重さでもってくずれ去ろうとしているのだ。

すさまじい音をたててくずれ去っているのは、彼の持っている力ではなく、いまのいままで彼と同じ力をもって彼の方におしつづけてきた力なのだ。大垣は自分の体のなかにあるものが上と下とまったくさかしまに逆転するように思ったが、上と下とがさかしまに逆転しているのは相手の方だった。

すさまじい響きをたててひびわれる宇宙。彼はマンモンの神がそのひびわれた裂《さ》け目から炎の付いた顔を出しているのを見た。

流転する商品価値や、投機の衝動はまさしく人間の「こころ」だけではなく「肉体」の内奥とも通じ合っている。この小説は、市場活動がその自由に任せれば調和のなかで漸進的に進歩する、といった自由主義的発想がいかに幻想であり、そこにはむしろ常に不均衡や不合理が生じるという事態を、この青年の存在自体を通してあきらかにしているといってもいい。作品は青年の視点による一人称小説ではなく、マモンをあやつることによってそれに翻弄される市場の放縦と人間の欲望の混沌(カオス)の目によって眺められているのだ。

さらに作品のラストは、大垣が功利的な計算や情報ではなく、何かいいしれぬ不条理な衝動にあやつられて「負の極点」を求めるかのように破滅的な買いの指令を出していくのであるが、彼の脳裡に焼きついてはなれないのは、青い空を飛びまわる無気味な鳶《とび》であり、死のイメージの拡がりである。彼の父親は戦争によって死んだが、その「死」は、今「地の上に降りてきて、彼の身体の傍にある」。それは実体を喪《うしな》って浮遊する鬼火のような「金」と「経済」そのものの姿でもあろう。

『さいころの空』で描かれた高度成長へと加速する日本資本主義は、一九八〇年代に入って日米貿易不均衡を招来させ、昭和六十(一九八五)年のプラザ合意、平成元(一九八九)年からの日米構造協議、そして平成五年の宮沢・クリントン会談で決定した「年次改革要望書」による米国の要求などを、日本が次々と一方的に受け入れることによって、バブル経済とその破綻、失われた三十年といわれる経済低迷の現実をもたらした。グローバリズムという名のアメリカニズムによって、日本はまさに世界のアメリカ化の実験場となってきた。

戦後作家の手になる、半世紀以上前の小説の主人公が、ウリとカイの果てに人間の深層に垣間見た「混沌」と「死」は、平成時代の日本社会の崩落のなかで、まさに赤裸々に現実の光景となっていったのである。

第四論　文学者による歴史的「戦争論」

林房雄『大東亜戦争肯定論』

以前から折あるごとに発言してきたことがある。

それは日本人があの戦争をテーマにして、ロシアの作家トルストイの『戦争と平和』のような作品を書かなければならないということである。

トルストイの『戦争と平和』は、一八六三年から六九年にかけて、作者三十六歳から四十二歳までの時期に書かれている。一八〇五年のロシア・オーストリア軍とフランスのナポレオン軍との戦いにはじまり、一八一二年六月のナポレオン軍のロシア進攻、そして冬将軍といわれた寒気もあってナポレオン軍が敗退していく、その祖国の戦争を雄大なスケールで描き出した歴史小説である。

興味深いことは、一八二八年生まれのトルストイはこの戦争を体験してはいないということだ。つまり、戦後五十年余を経て、祖国の戦争を戦後世代の一員として描いたわけである。

ロシア人は、このナポレオンとの戦争を「祖国戦争」と呼んだ。そして、二十世紀のナチス・ドイツとの戦いを、「大祖国戦争」と名づけたのである。

日本人の「あの戦争」といったが、いうまでもなくそれは昭和十六（一九四一）年十二月八日から二十（一九四五）年八月十五日までの、三年八カ月に及ぶ「戦争」のことだ。

そして、この戦争は「太平洋戦争」と戦後呼ばれてきた。昭和三十二年生まれの私自身も、戦後教育のなかでそう教えられてきた。しかし、日本人は戦時中には「大東亜戦争」といっていたのであり、真珠湾攻撃にはじまる日米の戦場は太平洋の島々を中心に展開されたが、実際には東南アジアや中国大陸をふくむ広大なアジア地域において戦闘がおこなわれたのである。それは帝国主義的な侵略であり、かつ西洋列強によるアジア諸国の植民地支配からの独立を目ざす戦いであり、たんなる自存自衛のための戦争ではなかったことを思えば、今日「大東亜戦争」と呼ばれるべきであろう。もちろん、占領軍の指令により、昭和二十二年十二月十五日以降、日本人はこの祖国の戦争を「太平洋戦争《パシフィック・ウォー》」という言葉でしか語れなくなったのである。占領下のＧＨＱによる徹底した言論の統制と検閲がそこにあったことは、改めていうまでもない。

最近では「太平洋戦争」の呼称にかわって、侵略の側面を強調するために「アジア・太平洋戦争」と呼ぶ人々がいる。しかし、日本人が歴史のなかで戦った戦争はやはり「大東亜戦争」であり、戦った主体も、敗れた責任も曖昧《あいまい》にすることなく考えるとするならば、そう呼び直すべきであろう。祖国の戦争の名称は、むろんただの名称ではなく、そこには戦争の死者と結びつくための歴史の記憶の絆《きずな》があるからである。

私が「大東亜戦争」という言葉をはじめて知ったのは、昭和四十五（一九七〇）年の十一月二十五日に三島由紀夫が市ケ谷の自衛隊で割腹自決をした数年後、中学の三年か高校に入った頃であった。三島由紀夫が尊敬する年長の作家であり、三島没後一年半を経て『悲しみの琴——三島由紀夫への鎮魂歌』を著わした林房雄の著作である。そのタイトルは、『大東亜戦争肯定論』であった。初版は昭和三十九年（続刊が四十年）に刊行されているが、それを偶然に古本屋で手にしたのである。その後、林房雄本人と短い出会いがあったが、それは別のところに書いたのでくりかえさない。いずれにしても、「大東亜戦争」という言葉は本の中身を十分に理解できない若造にも、一種鮮烈な響きを与えずにはおかなかった。それまで侵略戦争であり、国民に多大の犠牲をしいた誤った戦争であると学校などで教えられてきた「戦争」を、こともあろうに「肯定論」というのである。三島由紀夫の自決に衝撃を受けていた私は、その不思議なつながりのなかで、当時は右翼的で〝危険〟なものと見なされていた本と出会ったのである。

さらに、平成十三年（二〇〇一）に同書が夏目書房より復刊される折に、縁あってその解説文を書いた。そして改めて偏見を捨てて読んでみれば、林房雄という一人の文学者が、「あの戦争は我々にとって何であったのか」という課題にきわめて誠実に真摯《しんし》に向き合って書かれたものであることが、よくわかった。世の中には読まないであれこれ批判する者が実に多い。

それは政治的イデオロギーとは無縁のものであり、作家自身が語るように「私個人の思想」の表明であった。つまり、自分たちが生きた歴史に対峙するところから生まれた証言であった。

明治三十六（一九〇三）年、日露戦争の直前に生まれた林房雄は、自分は「生まれてこのかた、戦争の連続であった」という。体験として知っているのは「平和」ではなく、ただ「戦争」であった。

明治大正生まれの私たちは「長い一つの戦争」の途中で生まれ、その戦争の中を生きてきたのではなかったか。私たちが「平和」と思ったのは、次の戦闘のための「小休止」ではなかったか。徳川二百年の平和が破られた時、「長い一つの戦争」が始まり、それは昭和二十年八月十五日にやっと終止符を打たれた――のではなかったか。

「長い一つの戦争」とは、ペリーの黒船渡来（一八五三年）以来、あるいはそれ以前のオランダ、ポルトガル以外の外国艦船の出没しはじめた時期から、日本は西洋列強の鉄環《てっかん》にたいして、事実上の戦争状態に入らざるをえなかったという認識である。その思想的な表現として、水戸斉昭《なりあき》、藤田東湖《とうこ》の「攘夷論」、平田篤胤《あつたね》と門人たちの「日本神国論」があり、そこにはすでに抗戦思想が発生し、戦争教育がはじまったとする。そして、薩英戦争（一八六三年）、馬関戦争（一八六四年）を経て、開国・維新、日清・日露戦争、日韓併合、満州事変、日支事変から英米との全面戦争へと、百年に及ぶ日本人の戦争が継続される。そして、昭和二十年八月十五日、それは敗戦によって終焉《しゅうえん》する。

幕末の「薩英戦争」と「馬関戦争」を侵略戦争と呼ぶ歴史家はいない。しかも「大東亜戦争」という「無謀きわまる戦争」の原型はこの二つの小戦争の中にある。この百年の間、日本は戦闘に勝っても、戦争に勝ったことは一度もなかった。（中略）「東亜百年戦争」の中のどの戦争においても、申し合わせたように、「勝敗を度外においた、やむにやまれぬ戦争」という言葉がつかわれていることに注意していただきたい。これはただの戦争修辞でも、偶然でもない。それを戦った日本人の実感であり、本音であったのだ。

林房雄のこの「東亜百年戦争」説は、大東亜戦争を歴史の長いスパンのなかで捉え直すときに有効な視点になると思われる。戦後の進歩的知識人による「十五年戦争説」（昭和六年以降の日本の中国侵略から太平洋戦争まで）や、司馬遼太郎のように、明治期の日本はよかったが日露戦争の後、とくに昭和の軍閥の台頭によって無謀な戦争に突入したという見方が、きわめて一面的かつ断片的であることに気づかされるからである。

これは明治末年に生まれた一人の日本人の、まさに「体験」としての戦争論である。「肯定論」とは、戦争が正しいとか悪いとかいう議論ではなく、あの戦争にたいして、日本人自身が正面きって考える姿勢から出てきた言葉なのである。私はその意味で、『大東亜戦争肯定論』が戦後の歴史学者ではなく、文学者の手によって書かれたことに注目せずにはいられない。

林房雄が昭和五十（一九七五）年に七十二歳で亡くなってから、すでに四十五年余りの歳月を経ている。その間、大東亜戦争への日本人の視界はさまざまな意味で広がってきたとはいえる。だが、『大東亜戦争肯定論』のように歴史の潮流のなかで「戦争」の真相をダイナミックに捉えることよりも、実証主義的に事実（と思われる資料）を列挙し解釈することが増えてきている。むろん、歴史的な事実を明らかにして、捏造《ねつぞう》された史観を克服することは必要だろう。しかし、より大切なのは、戦争の真実を、歴史にたいする深い洞察と主体的な知恵をもって捉えることである。あの戦争にたいして、戦後世代の日本人の作家による『戦争と平和』が求められる所以《ゆえん》である。

昭和二十（一九四五）年八月二十一日、敗戦の六日後に、連隊に飛行機で復帰する途中に殉職した学徒兵が、二十年四月に記した手記のなかに次のような言葉がある。

エノケンの「チャッキリ金太」を見る。かくのごときものの横行せる時代がつい最近なりしことを思えば、いつものことなれど、つい奇異の感に打たれる。ああいったものを楽しみし人々と同じ人々が戦災に泣き、空爆と戦えるなり。また特攻として飛び込む人も、これより出ずるなり。現在のごとき凄惨なるも真摯なる状態、あの頃のごとく平和なるも浅薄にして馬鹿々々しき状態、いずれが人間社会の真実の姿なりや、大いなる疑問を感ず。やはり平和なるこそ、本然の状態ならん。ただし、美しき平和なるこそ、吾々の欲するものなり。再び吾々の同胞が頬を和らげて明るく生活し得る日が来るまで、あくまで戦わん。

エノケンの喜劇を見て笑っていた時代と、戦争の時代、どちらが人間の本当の姿なのか。やはり戦争よりも平和なときこそ本当の状態だろうと。しかし、今われわれに重く突きささるのは、次の一節である。「ただし、美しき平和なるこそ、吾々の欲するものなり」。

戦後の日本は、林房雄が体験した「長い一つの戦争」の時代とは正反対の「長い一つの平和」の時代であった。しかし、それははたして「美しき平和」であったのか。それは「人間社会の真実の姿」として本然のものであったのか。国のために殉じた青年たちの遺した言葉は、今こそわれわれにあの戦争の全体を真剣に考えよ、と迫ってくる。「長い一つの平和」のなかで、頽廃と虚無のなかに陥っている今日の日本人に、それこそ個々の「戦争論」の課題を突きつけているのではないか。平成の三十年間、日本は「平和」でよかったなどとは、いっていられないのである。

第五論　時代の不安を物語る

夏目漱石『現代日本の開化』、芥川龍之介『或阿呆の一生』

芥川の死と戦争

昭和二（一九二七）年七月二十五日の各新聞は、作家・芥川龍之介の自殺を大々的に報道した。田端の自宅において致死量の睡眠薬を仰いでの死だった。東京日日新聞は、「文壇の雄　芥川龍之介氏　死を讃美して自殺す」との見出しを掲げた。三十六歳の若さですでに芥川は文壇を代表するスター作家であったが、その死の衝撃は、たんに文学界にとどまらなかった。人々はこの作家の死に、大正という時代の終焉《しゅうえん》を感じたのであり、芥川の遺書に記されていた一行の言葉は、当時の日本人のこころのなかに、ある無気味な反響を与えずにおかなかったからである。

それは「ぼんやりした不安」という言葉であった。

芥川の自殺は不眠症や病気、精神的な衰弱などの個人的な要因とともに、当時流行しはじめたマルクス主義文学（プロレタリア文学）からの圧迫などさまざまな理由があったが、「ぼんやりした不安」という言葉には、もっと大きな、人々をとらえていた茫漠《ぼうばく》とした時代の気分が映し出されていた。

日清、日露の戦争に勝利した日本は、大正に入ると第一次世界大戦後、ヴェルサイユ条約によってドイツ領であった南洋諸島《ミクロネシア》の統治国となり、国際社会のなかでその存在感を高めていく。しかし、西洋の国々は、そんなアジア(東洋)の新興「帝国」にたいして、露骨な反発と敵意をあらわにしていく。いわゆる「黄禍論《こうか》」、つまり劣等な黄色人種が文明国である白人の世界の脅威となっているという反感である。「黄禍」(イエローペリル)をいったのはドイツ皇帝ヴィルヘルム二世であったが、日本を事実上の仮想敵国としたのはむしろ太平洋をはさんで対峙《たいじ》するアメリカ合衆国であり、日露戦争の直後から米国は対日戦争を想定していた。

アジアで唯一、近代化に成功し西洋列強の植民地支配をはねのけた日本は、こうして世界史の舞台へと登場した。そして大正期は国内では「大正デモクラシー」といわれるような、政党政治の確立と経済の成長を実現し、ある種の豊かさと自由を享受していた。しかし、大正から昭和へと時代が移りかわるなかで、人々はいいようのない「不安」をおぼえはじめる。大正十二(一九二三)年九月の関東大震災は、そのひとつの要因であったかも知れない。やがて昭和に入り金融恐慌が起こり、昭和四(一九二九)年には世界大恐慌がはじまる。中国大陸では泥沼の戦争となった。時代は芥川龍之介の死後、急速に暗転していく。

しかし、こうした歴史の年表の上に記されている個々の事件や出来事の底には、実は明治の近代化以来ずっと続いている、現実な解決や処理では消すことのできない「不安」——まさに芥川のあの「ぼんやりした不安」としかいいようのない感情が深く根をおろしていたのではないか。

これこそは近代の日本人の存在の奥底に巣食ってきた「不安」であり、それは平成の三十年余り、そして今日のわれわれにまでつながっているのではないか。

外発的な近代化

日本人のその根源的ともいえる「不安」は、いつ、どのようにしてはじまったのか。それは嘉永六（一八五三）年六月、アメリカ東洋艦隊の四隻の軍艦が江戸に近い浦賀湾に戦闘隊形をとって入って来たときからである。このとき日本は鎖国の長い夢を破られた。維新より十五年前のことである。実際には、このペリー来航よりも七年ほどさかのぼる頃より英国やロシアの艦船も日本近海に出没していたが、いずれにせよこの時期より、日本は西洋列強の強大な勢力と直面せずにはいられなくなったのである。

もちろん直接的な不安をいえば、それは徳川二百数十年の太平の世にあった日本が、他のアジア諸国のように西洋諸国の植民地にされてしまうということにあったが、あえていえばそれも現実的「不安」にすぎなかった。明治維新を経て、近代国家をつくった日本は、清国やインドのように西洋の支配を受けることはなかった。むしろ、太平の夢を破られた日本人が他のアジア諸国には見られなかったような、急速な近代化を推し進めた、そのこと自体のうちに、その後くりかえし執拗に味わうことになるトラウマとしての「不安」があった。つまり極東アジアの小国である日本が近代国民国家を形成しようとすれば、それは当然のことながら西洋の文明を全面的に受け入れる以外になかったからである。近代化とは、日本人にとってすなわち西洋化であった。あらためていうまでもなく明治国家は、政治・教育・軍隊・財政そして生活・風俗にいたるまで、徹底的に西洋の文物を受け入れたのである。「ザンギリ頭を叩いてみれば文明開化の音がする」という狂歌は、当時の日本の世相を表現している。鹿鳴館という西洋式のダンスホールをつくり、政府の高官が洋服をまとって踊る、といった表層の風俗はうたかたとして消え去っても、近代化イコール西洋化というものに「異常適応」することは、それまでの日本人の体験したことのない事態であった。

たとえば、夏目漱石は明治四十四（一九一一）年八月に「現代日本の開化」という講演のなかで、こう語っている。

もし一言にしてこの問題を決しようとするならば私はこう断じたい。西洋の開化（すなわち一般の開化）は内発的であって、日本の現代の開化は外発的である。ここに内発的というのは内から自然に出て発展するという意味でちょうど花が開くようにおのずから蕾《つぼみ》が破れて花弁が外に向うのをいい、また外発的とは外からおっかぶさった他の力でやむをえず一種の形式を取るのを指《さ》したつもりなのです。もう一口説明しますと、西洋の開化は行雲流水《こううんりゅうすい》の如く自然に働いているが、御維新後外国と交渉をつけた以後の日本の開化はだいぶ勝手が違います。（中略）少くとも鎖港排外《さこうはいがい》の空気で二百年も麻酔《ますい》したあげく突然西洋文化の刺激に跳《は》ね上ったくらい強烈な影響は有史以来まだ受けていなかったというのが適当でしょう。日本の開化はあの時から急劇《きゅうげき》に曲折し始めたのでありがます。また曲折しなければならない程の衝動を受けたのでありまず。

「内発的」な、民族の自然な要求としての近代化（文明開化）ではなく、文字通り「外発的」な他の力によって、扉を無理矢理こじ開けられるようにしてなされた開化。そのときから日本人は自らのアイデンティティの危機に陥った。急速な近代化＝西洋化にたいする反発として、日本の伝統的なもの復古的なものへ回帰せよというへいわゆる日本主義の思潮が明治後半に色こく出てくるのも当然である。

また近代化を実現したものの、その内実ははたしてどれほど確固とした「近代精神」によって支えられているのか、という疑惑がつねにつきまとう。夏目漱石や森鷗外、二葉亭四迷といった近代の日本語をつくり出した明治の文学者たちも、こうした自己懐疑をかかえこまなければならなかった。そして、漱石によってその才能を認められ、大正文壇で華々しく活躍した芥川龍之介は、抜群の西洋的教養を持ちながら、その知性によって形成した人工的な文学世界を最後には自ら否定せざるをえなかった。もとは東京の下町生まれの庶民階級であった芥川は、その日本のふるさとへと帰郷することができず自分の人生を「剝製」と形容して自裁する他はなかった。

遺稿『或阿呆《あるあ》《ほう》の一生』で、芥川はこう書いていた。

彼は『或阿呆の一生』を書き上げた後、偶然或る古道具屋の店に剝製《はくせい》の白鳥のあるのを見つけた。それは頸《くび》を挙げて立っていたものの、黄ばんだ羽根さえ虫に食われていた。彼は彼の一生を思い、涙や冷笑のこみ上げるのを感じた。彼の前にあるものは唯《ただ》発狂か自殺かだけだった。

「外発的」な力によって「やむをえず一種の形式を取る」ようにしてつくり上げられた近代国家日本。昭和十年代に入ると、日本は英米との対立を深めていき、やがて大東亜戦争へと突入していくが、そのとき思想的課題となったのが「近代の超克」であった。明治以来、西洋をひたすら模倣してきたわれわれは、本当にこれでよかったのか。それは急ごしらえの、それこそ西洋の「剝製」のような国家なのではないか。近代化を最優先したことで、日本人の魂は「曲折し始め」たのであり、それはこの国の歴史と伝統の貴重な財産をむしろ失うことになったのではないか。西洋的な近代国家をつくり、生存と安全をはかることのなかで、実は精神においては拭《ぬぐ》いがたい「不安」がひろがっていったのではないのか。——大東亜戦争とは、ある意味では、日本人のこの「不安」の爆発であったように思える。

近代日本人の宿命と「不安」

日本の近代化＝西洋化にたいする懐疑と反省は、しかしその出発点においてすでにあったというべきだろう。

明治維新はいうまでもなく徳川幕藩体制を打倒した薩長などの勢力によって実現したが、そこに幕臣であった勝海舟の存在を抜かすことはできないだろう。勝は明治三十二（一八八九）年、七十七歳で没するが、次のような印象的な言葉を遺している。

> 国というものは、独立して、何か卓越したものがなければならぬ。いくら西洋々々といっても、善い事は採《と》り、その外に何かなければならぬ。それが無いのだもの。つまり、亜細亜に人が無いのだよ。それで、一々西洋の真似をするのだ。

また勝は「国唯自亡」という言葉を記している。

国というものは、決して人が取りはしない。内からつぶして、西洋人に遣《や》るのだ。

今日、グローバリズムの時代に日本人の胸中にひろがっていた「不安」もまた、この「国唯自亡」つまり日本人自らが自国を「内からつぶして」いる現実に関わっているように思う。

芥川の自裁した昭和二年は、明治維新からかぞえると約六十年目である。鎖国を脱し国を開き、日清・日露戦争に勝利して、西洋列強に伍しはじめた日本は、大正リベラリズムの時代を経て、昭和に入ると、しかし国際的にも国内的にも困難な暗雲たれこめる時代へと突入していった。すでに述べたように芥川の自殺は、その時代の「不安」を先取りしていたといえる。

一方、戦後の日本は、敗戦と占領期を脱してのち、冷戦構造のなかで経済の高度成長をとげて「経済」大国として復活するが、八〇年代のバブル経済とその破綻によって日本社会は、かつてない深い混迷のなかに入り込んでしまった。経済、政治、教育、家庭、安全保障などさまざまな分野において人々のなかに「不安」がひろがっている。それは犯罪増加や失業、老後など具体的なことがらにたいしての不安でもあるが、もっと根の深いところで、つまり日本人が日本人らしく暮らし続ける価値観や基盤が、ことごとく破壊されたことによる漠たる「不安」であろう。

平成期の五年半に及んだ小泉政治は、「改革」というマジックワードによって国民を翻弄したが、それは結局のところ、日本を「内からつぶして、アメリカに遣《や》る」以外の何物でもなかった。郵政民営化にしろ、経済政策にしろ、『年次改革要望書』にもられたアメリカ側の要求をそのまま受け入れたものであり、日本政府による「改革」とは一体誰のためのものなのか、どこの国の国益を利するものなのか首を傾けざるをえなかった。それは、戦勝国であり、占領国であり、同盟国であるアメリカへひたすら従属し依存するということであり、「戦後の脱却」どころか、まさにアメリカ支配の「戦後の完成」であったといっていい。戦後レジームの脱却を目標とするとした安倍晋三も、同じである。そして、日本人は、そのようにして一国平和主義の欺瞞《ぎまん》のなかで生存と安全の代償として、自国の価値を失ってきた。そもそも国が自立と自尊の気概をなくしてしまえば、社会の多方面においてモラルハザードが生じるのは当然であり、それは日本人の精神の底流において、解消しえない泥沼のような「ぼんやりした不安」を蔓延《まんえん》させている。

戦前と戦後では、日本社会は大きく変化したといわれる。しかし、より巨視的に、百年を単位として見れば、そこに浮かび上がってくるのは、外発的な「外からおっかぶさった他の力」によってしか動くことのできない、この国の哀しい姿なのだ。

昭和二十（一九四五）年九月二日、アメリカの戦艦ミズーリ号の上で、日本は連合国にたいする降伏文書に署名した。日本の降伏が正式に決定した日、その戦艦の上には九十一年前、ペリー提督がやって来たときに旗艦ポーハタン号に掲げられていた、三十一の星の星条旗が飾られていた。ペリー来航によって近代化＝西洋化を余儀なくされた日本人は、維新後七十余年後に、太平洋において、そのアメリカと戦端をひらき敗戦をむかえた。そして、この昭和二十年九月二日以降、日本はふたたびアメリカニズムという近代化によって、おそらくは明治維新のときよりも、さらに「急劇《きゅうげき》に曲折し始め」たのである。

その意味では、平成の世の日本人の「不安」は、決して今の時代特有のものではなく、敗戦後七十四年の、いや明治近代化から百五十年以上にも及ぶ、近代日本人の宿命ともいうべきものに根ざしているように思われる。

第六論　言葉につながるふるさと

太宰治『津軽』、島崎藤村『夜明け前』

「パトリオティズムとしての文学」を読む

安倍晋三の『美しい国へ』（文春新書、平成十八年）のなかに「郷土愛」にふれた一節がある。地域社会が壊れつつあるといわれて久しい今日、郷土愛をはぐくむことの必要を説いている。「国にたいする帰属意識」すなわちナショナリズムは、郷土（パトリ）を愛するというパトリオティズムの延長線上で醸成されるのではないか、というのだ（それにしては安倍政権も「郷土」を新自由主義政策で破壊してきたが）。

地域社会というと、そのコミュニティを至上として、国家という価値を相対化しようとする方向もある。しかし、地域と国を対立的に捉えるのはやはり不自然であろう。地域と国、このふたつの人にとっての帰属の基盤を考えるうえで、『美しい国へ』では、北朝鮮による拉致の被害者のひとり、曾我ひとみさんのことにふれている。

北朝鮮に帰属の権利を奪われた拉致被害者のひとり、曾我ひとみさんが、二〇〇二年秋、二十四年ぶりに故郷の佐渡の土を踏んだとき、記者会見の席で読んだ自作の詩があった。みなさんは記憶しているだろうか。自らの国を失うとはどういうことか、国とはわたしたちにとって、どういう存在なのか、率直に、そして力強く語りかけてくれたのを。「みなさん、こんにちは。二十四年ぶりにふるさとに帰ってきました。とってもうれしいです。心配をたくさんかけて本当にすみませんでした。今、私は夢を見ているようです。人々の心、山、川、谷、みんな温かく美しく見えます。空も土地も木も私にささやく。『おかえりなさい、がんばってきたね』。だから、私もうれしそうに、『帰ってきました。ありがとう』と元気に話します。みなさん、本当にどうもありがとうございました――」。

もう二十年以上も前になるが、ひと夏、私はこの曽我さんの故郷である佐渡島を訪れた。佐渡でぜひたずねたかったのは、二・二六事件の黒幕として処刑された北一輝の墓であった。墓碑をさがしあて、その草深い丘の上から両津の港のほうを眺めると、新潟港へ向かう船が低い曇天の下、汽笛を鳴らして出てゆくところであった。新約聖書に「預言者は故郷に受け入れられず」との言葉がある。イエス・キリストも、故郷であるナザレの村では「大工の息子」として軽蔑され、その信仰と奇跡を人々は受け入れなかったという。国家百年の計のために革命家となった佐渡人・北一輝は、故郷にとっては、戦後に赦免されるまでは反逆者であり、犯罪者の烙印を押されていたのである。

佐渡汽船が向かう新潟の海岸の一隅には、これも新潟出身の無頼派の作家、あの『堕落論』の坂口安吾の石碑がある。日本海の荒波に面して建てられたその碑には、「ふるさとは、語ることなし」という文字が刻まれている。色々に解釈できる言葉だが、故郷にたいする作家の一筋縄ではいかぬ思いがこめられているように思う。新潟の名家に生まれた坂口安吾にとっても、故郷はただ愛すべき場所というよりは、愛憎の感情を呼び起こさずにはおかないものであったのだろう。「語ることなし」には、その万感の思いが凝縮されているのではないか。

いずれにせよ、故郷とはただ懐しく素晴しいものである、と手放しにいえるものではあるまい。あたたかさもあれば、しがらみもある。その背反する、アンビバレンツな情感こそ、真の意味での「郷土愛」と呼ぶべきであろう。

危機のなかでの「風土記」

佐渡を訪れたとき、たまたま一冊の本と出会った。どこかの博物館だか売店であったかで買った『佐渡』という紀行文である。作者は、大正後期よりプロレタリア文学の文芸評論家として活躍した青野季吉《すえきち》である。この評論家が佐渡出身であることを知らなかったが、帰途この本を読み、故郷をめぐる情緒豊かな文章に大変感動した。難解な左翼批評家というイメージとはかけはなれた、文字通り深い郷土愛があったからである。

お生国《くに》はどちらですか、と問われて、佐渡ですと答えると、ははあ佐渡が島ですかと表情を変えるのが普通である。（中略）これは絶海の孤島と云った観念の悪戯であるのは、言うまでもない。それに佐渡が島と云う表情が、はるばるとした、孤島的な感じを与えるのも、たしかに手伝っている。じっさい今の人で、佐渡を絶海の孤島などと考えている者はあるまいが、そこが古い観念というものの、不意打なのである。

こう書き出された『佐渡』は、初版が昭和十七（一九四二）年十一月であり、小山書店の「新風土記叢書」の第三篇として出版されたものである。私が入手したのは「佐渡郷土文化の会」というところが、昭和五十五年に復刻した本である。

青野季吉は、佐渡の風土や歴史にふれながら「佐渡人」という章を設けて、こう記している。

およそ人間の内心の秘密といふものは、容易に他から窺知《きち》されないものだし、日本人の一種の戒律として、めったにそれを口にしないものだが、佐渡から出て、何等かの意味で大を為した人間は、その宿命的な小型性を脱却しようと、内心ひそかに努力もし、闘いもした人間のように、私には考えられる。（中略）島を出ると云うことそのことが、すでに宿命的な小型性からの脱却の第一歩を意味したのである。こう云うことは、今日の人には大袈裟にひびくかも知れないが、しかしこれを忘れては、佐渡の人物はほんとうに理解されないように思う。そして私は、そう云う内心の努力や闘いに絶えず油をそそいだものは、知性の高さよりも、むしろ情熱の激しさだったと考えている。

ここには戦前の治安維持法で何度も検挙され牢に入れられながらも、著作活動をやめなかった反骨の文士の相貌があり、またそれこそ北一輝のようなナショナリストの「情熱」の源泉に、佐渡という故郷《パトリ》が抜きがたくあったことも理解できるのである。右であれ左であれ、彼らの国体にたいする「闘い」は、このパトリオティズムに由来していたのではないか。思想というものが、場所《トポス》に根ざすものであることを改めて知るのである。

さて、後日調べてわかったことだが、この「新風土記叢書」には、宇野浩二『大阪』(昭和十一年)、佐藤春夫『熊野路』(十一年)、田畑修一郎『出雲・石見《いわみ》』(十八年)、中村地平『日向《ひゅうが》』(十九年)、稲垣足穂『明石』(十九年・二十三年)、伊藤永之介『秋田』(十九年)といった作品がラインアップされており、太宰治の『津軽』も昭和十九(一九四四)年十一月十五日に、その一冊として出版されたのであった。

小山書店がいかなる意図でこのシリーズを企画したかはわからないが、戦争が日々深まり祖国の滅亡すら予感される、その危機の時にこそ、国土をふたたび発見しようという試みがなされたのであろう。

たとえば、太宰治にとって故郷津軽は、それまで旧家の重圧と自らの暗い宿命を感じさせるばかりの土地であったが、津軽風土記の執筆のために三週間にわたってこの地を旅したことは、彼の人生にとって大きな転機となった。

『津軽』の冒頭に太宰はこう書いている。

或るとしの春、私は、生まれてはじめて本州北端、津軽半島を凡《およ》そ三週間ほどかかって一周したのであるが、それは、私の三十幾年の生涯に於て、かなり重要な事件の一つであった。私は津軽に生れ、そうして二十年間、津軽に於て育ちながら、金木《かなぎ》、五所川原《ごしょがわら》、青森、弘前、浅虫《あさむし》、大鰐《おおわに》、それだけの町を見ただけで、その他の町村に就いては少しも知るところがなかったのである。

古い豪家から脱出するために左翼運動に走ったり、文学の道を志してからも心中未遂や薬物中毒をくりかえしてきた太宰は、この帰郷によってはじめて自分のふるさとに、その地縁に正面きって向き合う。これまでは圧迫としてしか感じられなかった故郷に、貴いものを、美しいものを見出すのである。そこで、風土に生きる庶民と出会う。『津軽』はそんな自然と人々との交歓を描いた傑作であり、太宰作品のなかでも異色作である。しかし、ここにはこの作家の本質がいちばん出ているように思われる。クライマックスは、幼年期の乳母であり、育ての親でもある「たけ」と三十年ぶりに再会する場面だ。半島の最北端の小泊という漁村でバスを降り、「越野たけ、という人を知りませんか」と村人に訊ねると、その家を教えられるが、たけは運動会に行って不在であった。畦道《あぜみち》を行くと砂丘があり、その上に国民学校が立っている。折りしも賑やかなお祭りのような運動会の最中であった。万国旗がひるがえり、周囲には百に近い掛小屋が立ち並び、着飾った娘たちや白昼の酔っぱらいが集っている。

（前略）それぞれの家族が重箱をひろげ、大人は酒を飲み、子供と女は、ごはんを食べながら、大陽気で語り笑っているのである。日本は、ありがたい国だと、つくづく思った。たしかに日出ずる国だと思った。国運を賭しての大戦争のさいちゅうでも、本州の北端の寒村で、このように明るい不思議な大宴会が催されて居る。古代の神々の豪放な笑いと闊達な舞踏をこの本州の僻陬《へきすう》に於いて直接に見聞する思いであった。海を越え山を越え、母を捜して三千里歩いて、行き着いた国の果の砂丘の上に、華麗なお神楽が催されていたというようなお伽話《とぎばなし》の主人公になったような気がした。さて、私は、この陽気なお神楽の群集の中から、私の育ての親を捜し出さなければならぬ。そして、「私」はたけとの再会を果たす。たけは掛小屋に「私」を案内し、「ここさお坐《すわ》りになりせえ」といって自分の傍に坐らせたまま何もいわずに、正座してモンペの丸い膝に両手を置き、子どもたちの走るのを熱心に見ている。二人の間に会話はない。

けれども、私には何の不満もない。まるで、もう、安心してしまっている。足を投げ出して、ぼんやり運動会を見て、胸中に一つも思う事が無かった。もう、何がどうなってもいいんだ、というような全く無憂無風の情態である。平和とは、こんな気持の事を言うのであろうか。もし、そうなら、私はこの時、生れてはじめて心の平和を体験したと言ってもよい。

太宰にとっての故郷とは、この幼年の時を、今ふたたび乳母とともにいることでよみがえらせてくれる場所であった。いや、たけという自分を投げ出すことを赦《ゆる》してくれる母性が、太宰を真実のパトリオティストとしてくれたのである。

『津軽』が刊行された頃、日本海軍はレイテ沖海戦で決定的な敗北を喫し、神風特攻隊が必死の攻撃をくりかえしていた。十一月二十四日には東京大空襲がはじまり、以後終戦の日まで約百三十回にのぼる空襲が休みなく続けられる。日本の都市は灰燼《かいじん》に帰していった。しかし、このような祖国の滅亡の危機のなかで、故郷を離脱していった、また故郷に受け入れられなかった作家たちが、故郷を愛する気持ちを風土記として言葉に遺したのだった。

故郷を描く言葉の力

戦後、日本は「平和国家」としてよみがえったといわれてきた。経済復興によって敗戦の傷手から回復し、豊かな国へと成長したといわれてきた。

しかし、日本人はほんとうに今、愛すべき故郷を有しているのだろうか。そう問い返すとき、近代文学のなかでひとつの作品が浮かびあがる。

それは昭和十（一九三五）年に完結した、島崎藤村のライフワーク『夜明け前』に他ならない。この大作は、先の「新風土記叢書」シリーズの作家たちに大きな影響を与えたと思われる。というのも、藤村自身の故郷である木曾の馬籠《まごめ》を舞台にして、その土地の旧家の十七代として生きた父親（島崎正樹）を主人公・青山半蔵として造型したこの比類なき歴史小説は、幕末維新期の日本人のパトリオティズムを描いたものであったからだ。

青山半蔵が「御一新《ごいっしん》」（明治維新）に期待し、夢見たもの——それは日本歴史のなかにある「古きもの」の再発見による革新であり、この〝復古による維新〟こそ、徳川三百年の体制を打ちこわして、新しい日本の夜明けをもたらしてくれるはずのものであった。半蔵のこの灼熱のような希望は、山々に囲まれ深い森林におおわれた木曾路の宿場町、その小さな場所《トポス》において生まれたものであった。この半蔵の思いは、最後には時代によって裏切られ（半蔵は、明治天皇に、維新後の社会の矛盾を訴えようとして捕えられ、狂人として座敷牢に入れられて悶死する）、『夜明け前』は、日本人の魂の再生を夢見た悲劇として閉じられる。しかし、この小説は、「ふるさと」と「血縁」につながる、がっしりとした重厚な言葉によって全篇が見事に支えられている。

青山半蔵は、江戸の国学者である平田篤胤《あつたね》の没後の門人であるが、その維新の思想は、江戸や薩摩や長州ではなく、木曾の山奥に生まれたのである。

彼（半蔵）は乱れ放題乱れた社会にまた統一の曙光《しょこう》の見えて来たのも、一つは日本の国柄であることを想像し、この古めかしく疲れ果てた街道にも生気のそそぎ入れられる日の来ることを想像した。彼はその想像を古代の方へも馳《は》せ、遠く神武《じんむ》の帝の東征《とうせい》にまで持って行って見た。

大和を平定した神武天皇の東征――「日本の国柄」をはるかなる歴史のうちに求めることは、そのまま日本の風土を信じ生きることでもある。歴史の時間は地理的空間と不可分である。『夜明け前』は、この日本の思想の原郷を、まさにパトリオティズムを原点として、ありうべき「国柄」――ナショナルなものの理想を求めた作品であった。

昭和三（一九二八）年、帰郷した藤村の小学校の講演で、「私はいま、言葉につながるふるさと、ということを考えております」と語ったという。いうまでもなく、それは自作『夜明け前』を構想してのことであろう。

このことは、次のような問いを、われわれに突きつける。すなわち、『夜明け前』を筆頭に、昭和の十年代に描かれた「故郷」としての文学、深まりゆく戦火と死と破壊のなかで、作家たちが「言葉につながるふるさと」を求めた、その豊饒で真摯《しんし》な愛郷心を、戦後の文学は果してよく持ちえたのか。国土は残り、山河も残りはしたが、日本人はこの七十年余り、ふるさとを語る言葉そのものを喪失し続けてきたのではなかったか。とりわけ平成の時代は、かつてないスピードで「故郷」を自らの手で、日本人が破壊した。とすれば、戦後に生をうけた世代が、「言葉につながるふるさと」をふたたび発見し、それを表現し描きえたとき、ほんとうの意味でパトリに根ざした「美しい国」が生まれるのではないだろうか。昭和十年は、維新よりおよそ七十年目に当たる。敗戦からすでに七十余年、日本は多極化する国際社会のなかで、内と外のあらたな危機に瀕している。このような時こそ、国民文学としての「新風土記」を待望せずにはいられないのである。

第七論　漂流する家族

小島信夫『抱擁家族』、富岡多恵子『波うつ土地』、舞城王太郎『みんな元気。』

戦後日本の価値観

平成の時代が終わり、今一度、問われるべきは、それでは「戦後」という時代は、果たして終わったのかということである。

アメリカの対日占領政策は、日本人の価値観を大きく変えた。ポツダム宣言第十項には、「日本国国民ノ間ニ於ケル民主主義的傾向ノ復活強化ニ対スル一切ノ障礙《しょうがい》ヲ除去スベシ言論、宗教及思想ノ自由並ニ基本的人権ノ尊重ハ確立セラルベシ」とあるが、戦前の日本には「民主主義」も「自由」も「人権」も全く確立していなかったという先入観を日本人に刷り込むことこそ、占領政策のイロハであった。旧い封建制度を打ち倒すGHQの「民主化」改革――戸主または家長制度のような家族制度も、個人としての自由を奪ってきたものであるとして糾弾され解体された。

アメリカ的な「近代」は、こうして日本人の「家」を崩壊させ、戦後社会において新しく「家庭」が生まれた。それは生活という営みの最も身近なところで実現した「民主化」の成果のように思われてきた。

しかし、そこに父親という存在はいたのだろうか。母親はいたのだろうか。家を守るべき「父」も、「子」を生み育てる「母」も不在であったのではないか。「父」の替わりにいるのは一個の「男」であり、「母」のぬくもりの消えたところに立っているのは「女」という剝き出しの個人であったのではないか。「子」は父母の靱帯よりも、両親に「男」と「女」という個人を見る他はなかったのではないか。核家族化という現実が、そうした結果をもたらしたというよりも、人は「父」であるよりも「男」であり、「母」であるよりも「女」であり、「日本人」であるよりも「人間」であるといった価値観が、何か決定的な変質をもたらしたのではないか。

こうした戦後日本の「常識」への根本的な問いかけこそ、今なさるべきではないのか。戦後日本の家族・結婚の問題を考えるとき、一篇の小説が改めて見直されてもいい。それは昭和四十（一九六五）年に発表された小島信夫の『抱擁家族』である。小島信夫は平成十八（二〇〇六）年の十月に九十一歳で逝去したが、その代表作でもある『抱擁家族』は、家族や結婚というテーマを、ただ法律的な観点や社会制度としてだけでなく、むしろ日本人の精神的・倫理的な魂《エートス》の次元をふくめて、根底的に考えさせる作品である。

「アメリカを家に入れる」

『抱擁家族』は、大学講師であり英文学の翻訳者である三輪俊介とその妻時子を中心にした家庭劇である。この知識人《インテリ》の中流家庭は、すでに物質的には豊かに満たされつつある当時の日本人の家庭を代表している。占領が終り十数年の時を経ているが、アメリカの影響は、その家の内部にむしろ色濃く入りこんでいる。直接的には、紹介されて米軍のキャンプから来たジョージという若い兵隊が、時子と一夜の関係を持つという事件があったからだ。

俊介は時子の血管の中の血の流れから、それが皮膚にもたせるつやから、しぼんだり開いたりするマツ毛の動きから、首筋から肩へ流れる骨組から、ゼイ肉を適度につけて二つか三つヒダを作っている下腹部から心持ち大きさの違う二つの乳房から、しっかりした足をもった比較的長い脚などを造物主のような気持で眺め、自分の手から離れて独り立ちした人間の重さにおどろいた。この状態から早く逃れたいと俊介は思った。

（家の中をたてなおさなければならない）

ベッドに時子が寝ている姿や、ベッドがきしむ有様《ありさま》が彼をなやませた。

俊介はその時呟やくようにいった。

「お前が彼を家に入れたのは、僕がお前を外国へ連れて行かなかったためだったのか」

「何ですって？　あんたが私を？　ああそのこと？　……そう。そうかもしれない」

（中略）

「はっきりしときたいけど、ほんとに連れて行かなかったから、お前はそうしたのか。お前はお前でアメリカを家に入れるつもりであのチンピラをひきずりこんだのか」

「そうよ、その通りよ。あんたがそう思うんだからそうよ。あんたは彼がきたとき、そう思ったでしょう？　だから私はその通りになったのよ」

夫の俊介は、アメリカ兵を自分の家に呼び、姦通した妻にたいして、「お前はお前でア、メ、リ、カ、を家に入れるつ、も、り、で……」という。俊介は日本文学の翻訳者としてアメリカの大学に出張して一年間滞在していた。そのとき時子は連れて行ってもらえなかった。そして、青天の霹靂《へきれき》のように妻の密通を知って俊介は、困惑と無力感に襲われる。なぜなら、彼には、妻の姦通を悪として、それを裁くことができないからである。彼のうちなる古い感性は、戦前の封建的といわれた「家」の制度、家父長といったものによってつくられた。しかし、アメリカに敗れ、それまでの日本の価値や制度がほどんど否定されたとき、彼のなかには、「妻」のあやまちを裁くべき絶対的な倫理の基準はなかった。怒りや忿懣《ふんまん》はあるが、それを主張する理念も言葉も見出すことができない。姦通罪という戦前あった社会の法も、女性の解放という、戦後の「自由」の実現したところでは古い遺物でしかありえない。いや、法律などよりも、俊介の困惑は、自分もまた戦後のインテリであり、自由人であるという思いがあるので、妻の不倫という出来事を前にして、ただ茫然とするしかない、そのふがいなさに由来する。つまり、俊介こそまさに「アメリカを家に入れた」張本人だからである。

この小説が、どこにでもあるような不倫や姦通劇と違っているのは、これが一個の家庭劇にとどまらず、その背後にアメリカという観念が存在しているからである。そして、アメリカニズムとしての「近代化」の前提には、明治維新以来の西洋の文化や技術に追いつこうとしてきた、日本の近代史が大きな影を投げかけている。

「家の中をたてなおさなければならない」と思う俊介は、東京の郊外にセントラル・ヒーティングつきのカリフォルニヤの別荘ふうの新式の家を建てる。夫はそのようなアメリカ式の理想の「家」をつくることで、何とか夫婦の、家庭の崩壊をくいとめようと努力する。しかし、皮肉にも家を建てたとき、妻はガンに冒され、手術ののちに死ぬ。新しい家にジョージをまねこうという話が持ちあがったとき、夫はこう思わざるをえない。

　時子が何を考えているのか、本当のところ俊介は分らなかった。彼女の機嫌をとることが第一だという習慣が、俊介にはついている。（中略）あの男（ジョージ）が来るのなら、こっちも平気で受け入れるのが、一番いい。あの行為が何だというのだ。場合によっては、おれたち夫婦があいつに詫《わ》びなければならないともいえるではないか。もし来いと誘うなら、先方に断わらせてはいけない。なぜか知らぬが、そう思える。第一、時子が自信を失うだろう。片方の乳房を切ってしまった彼女が。良一（息子）がいったように、プールを作っておけば、こういうときに、恰好がよかった、と俊介は思った。

「アメリカを家に入れる」ことで崩れかけた家庭が、他ならぬ〝進歩〟の象徴のようなアメリカ式の家を建てる。この作品は、敗戦後二十年、明治近代化からおよそ百年の時期に書かれている。ここには日本人にとって近代化とは何であったか、戦後日本にとってアメリカ化とは何であったか、ということがひとつの家庭を通してあますところなく描かれているといっていいだろう。主人公とその妻は、そこで「父」でもなければ「母」でもない、性を媒介にした「男」と「女」として剝き出しの個人の自我を、赤裸々に絡み合わせるしかない。

森鷗外は明治四十二（一九〇九）年に『普請中』という小品で、「日本はまだそんなに進んでゐないからなあ。日本はまだ普請中だ」と作中人物に語らせている。日本は「近代化」の途上にあるという意味だ。その普請中の「家」は、敗戦後の経済復興のなかで、『抱擁家族』のカリフォルニヤ式の家によってひとまず完成した、といってもよい。しかし、その「家の中」に住むべき人間たちは、精神の拠り所も、倫理的基盤も失って、奇妙な生き物のようにうごめく他はない。この家こそは、まさに戦後日本人の「家」であった。

人間の内なる「自然」の崩壊

『抱擁家族』において描かれた「家族」の光景は、その後どのような変化を見せたのだろうか。明治期以来の近代化を目標としてきた日本の社会は、物質的な近代文明を享受することでポストモダンといわれる時代へと、一九八〇年には突入していく。そこで日本人の家庭、結婚観にいかなる変化が生じたのだろうか。

ここでは『抱擁家族』からさらに二十年近くを経て発表された小説を取りあげてみたい。昭和五十八（一九八三）年に富岡多恵子によって描かれた『波うつ土地』という作品である。

登場するのは四十四歳の女と四十二歳の男である。両者ともそれぞれ所帯を持って結婚生活をしてきた「夫」であり「妻」である。女主人公の「わたし」は二歳下のこの男と出会い、不倫の関係を続けている。男は鈍感でこれといった面白さもないが、肉体的には申し分ない。しかし、「わたし」は性欲の充足のために、あるいは夫との生活の不満解消のためにアバンチュールを楽しんでいるのではない。また「男」を愛しているわけでもない。

夫に不満ならば、もっといい男を、それこそチャタレイ夫人の恋人を選ぶわよ、などと思っている。つまり、この小説はたんなる不倫・恋愛モノではなく、情痴小説でもなく、男と女の「性」というものの奥に潜む、ある深い変化の現実に目を向けようとしている。『波うつ土地』というタイトルからうかがえるように、この作品では広大な自然の丘陵がブルドーザーによって削られ、そこに次々に団地がつくられていく風景が描かれている。波うつはずのない土地が、人工の力によって造成されることで、波のようにうねりはじめる。大地が波うつのだ。その丘陵の下には大昔の人々が暮らしを営んできた跡である縄文遺跡がある。

わたしの立っている土の下には、石やナイフや石の鏃《やじり》や石の斧や、こわれた土器の破片がうずまっているのかもしれなかったし、目の前のむき出しになって広がる土の下には大昔の生活がうずめこまれていたのかもしれないが、わたしはそんなことに感動していなかったのだ。また、むき出しの土のひろがりの向うにつづく、午後のおそい、にぶった光線で白むように見えた、いくつもの丘といくつもの谷のうねりの遠近に、コトバを失うほど感動したのでもない。ヒトは風景そのものに感動しない。自分が、必ず風景の中に消滅することの自覚に感動し、それがコトバにならないのだ。(中略)丘があり、谷戸《やと》があり、池があり、湧水《ゆうすい》があり、それらがたんに、そこにあって、地形《ちけい》はくり返されて、はるか向うにつづいていた。土地の波は、荒れた海の波のようにシブキはあげなかった。土地の波は、ゆるやかにおだやかに見えるのだった。おだやかな波の上に、ヒトは立ち、ヒトはかがまりして、何千年、何万年か前から漂ってきた。なんということはないのだ。

土地の表層がめくりとられる。そのとき、自然だけでなく、人間の深いところにある自然の層も浸食され、変化にさらされる。暮らしの営みを続けさせてきた「コトバ」、そして「性」というものが。それは実に「ゆるやかにおだやかに見える」変化である。しかし、だからこそ静かなる激変なのだ。「何千年、何万年か前から漂ってきた」かのような漂流であるが、その「なんということはない」流れの底に、人の内なる自然の崩壊が浮かびあがってくる。これまで当り前だと思われてきた、男と女の関係——家族、夫婦、恋愛、親子——が、地面が崩れてゆくように壊れはじめている。その崩壊の風景が、この小説のなかに、しだいにはっきりと無気味な姿として浮かびあがってくるのだ。

富岡多恵子は、「ヒトという動物は本来つがいになってファミリーをつくって生きているようにつくられているのだろうか。男と女がつがいになってファミリーをつくるというのは、ずっとあとになってとりきめられたことではないのだろうか」（「犯罪の表明」）と語ったことがあったが、こうした人間的なるものの対幻想を解体してゆくモチーフは、戦後の「家」から「家庭」、また「核家族」から「シングル」という変遷や、フェミニズムや女性解放運動といった流れよりも、はるかに深いところで捉えられているように思われる。それは人間の性という自然の変容であり、近代的な人間像そのものが、決定的な変化を迫られているからではないだろうか。

いわゆる保守派の人々が、「夫婦別姓」の反対を唱えたり、戦後の「家族制度」の問題点をことさら指摘したりもするが、そうした制度論や法律論だけで、今日の性や家族をめぐる共同意識の変容と解体に歯止めがかけられるとは思えない。

『波うつ土地』が発表された八〇年代の前半に生まれた世代の作家たちは、まさに平成の文壇の中心に登場してきている。平成十五（二〇〇三）年の下半期（一月）の芥川賞を受賞した、金原ひとみや綿谷りさ、あるいは島本理生といった女性作家たちである。九〇年代の経済バブルの崩壊（まさに土地を投機の対象として「波うたせた」結末）のなかで、既存の価値の崩落期に幼少年期の感情教育を受けてきた世代である。

平成九（一九九七）年の神戸の殺人事件の少年もちょうどこの世代であり、親から見ればー見何の不足もない豊かさを受けていた彼・彼女たちが、虚構の戦後社会の豊饒さのなかで、これまでの日本人がほとんど知らなかったある種の「喪失感」と「寂しさ」を味わってきたことはあきらかであろう。自分を「透明な存在」とまで呼んだ神戸の十四歳の少年の言葉をさかのぼれば、『波うつ土地』の、夫婦としての、また男女としての「コトバ」を喪失し、「性交という会話」を求めるだけの主人公の孤影があるのである。さらには「父性」の崩壊を否応なく自覚しながら、「家の中をたてなおさなければならない」という悲痛な思いにかられる『抱擁家族』の三輪俊介がいるのだ。

現代小説で一篇だけあげれば、舞城王太郎（昭和四十八年生まれ）の『みんな元気。』（平成十六年）は、家族や親子が現代社会の虚空のなかでちりぢりになり、漂流する姿を描き出している。携帯電話やパソコン、映像やアニメやゲーム機などの〝文明の保育機〟のなかで育ってきた人間《ヒト》が、「親」となりえず、アダルトな子どもにとどまり、「子ども」はそのことで世代を飛びこえて子どものまま「大人」の世界へと引きずりこまれる。そんな現代の光景を浮かびあがらせている。それは、ジェネレーションの蒸発とでもいうべきものである。

しかし、人が人であるかぎり、かならずどこかで「男」と「女」として対になり、「夫」と「妻」、また「親」と「子」としての共同性を求めるのではないか。「家族」としてのエムブレイス（抱擁）を欲するのではないか。国家も社会も本来は、そのような基盤の上に成り立つものである。小島信夫は、夏目漱石の『明暗』（大正五年）のノートに記された「夫婦はあいせめぎ合い、外にたいしてはエムブレイスする」という言葉を印象深く紹介していた。明治近代化以来、西洋という外発力によって、また戦後はアメリカという文明の力によって、内と外に分裂しながら存在してきた東洋の国。敗戦を経てその矛盾を必然として生きねばならなかった日本人の魂。近代の国民国家の揺らぎのなかの、「結婚」という形のラディカルな変化は、しかし、制度や政策の次元をはるかに越えた、文明の深層の問題として、現われているように思われる。

第八論　歴史への返答としての文学

坂口安吾『戦争と一人の女』、古山高麗雄『セミの追憶』

「戦争」を「しゃぶる」こと

国土の全市街地の四〇パーセントが焼け野原となり、三百万余の同胞の犠牲者を出して敗れた大東亜戦争。ヒロシマとナガサキの原子爆弾の悲劇の末に、三年八カ月のあいだ続いた、日本人にとって未曾有の戦争が終ったとき、人々は、死から解放されて、平和の有難さを実感した、といわれてきた。

廃墟のなかから、平和国家として立ち直り、いかなる戦争にも反対する、憲法を国是としてきた日本。

戦後、七十四年を経て、われわれのなかに根づいているのは、こうした「平和主義」であり、戦争を絶対悪とみなす態度であるように見える。

しかし、これはほんとうなのだろうか。あの戦争が終ったときから、突如として、日本人はそんな反戦・平和愛好者になったのか。

敗戦の年の十月に、一人の小説家がある雑誌に短篇小説を発表したが、その作品の最後を次のように書いた。

（前略）戦争なんて、オモチャじゃないか、と考えた。俺ばかりじゃないんだ、どの人間だって、戦争をオモチャにしていたのさ、と考えた。その考えは変に真実がこもって感じられた。

もっと戦争をしゃぶってやればよかったな。もっとへとへとになるまで戦争にからみついてやればよかったな。血へどを吐いて、くたばってもよかったんだ。もっと、しゃぶって、からみついて、——すると、もう戦争は、可愛いい小さな肢体になっていた。

主人公の男は、戦争中に一人の女と一緒に住みはじめる。夫婦と同じ関係であったが、正式な妻ではなく、どうせ「戦争で滅茶々々」になるだろうから、同棲でもしようということになる。女は遊女屋にいたこともあり、生来の淫乱だった。ふたりのあいだには男女の愛情というより、肉欲のつながりが強かった。戦争は食物不足や生活の不自由をもたらしたが、女は空襲がはじまると、あわてて防空壕へ駆けこみながらも、その恐怖にある快感を覚えていた。爆撃がもたらすその魅力は、彼女の浮気を押えさせるほどであった。女は、戦争によって、その肉づきのよい、情感をそそりたてる瑞々しさが溢れる肢体を、男に示した。男もまた、その女の情欲に応え、その不具な感覚を愛していた。

最後の日、それは奇妙な合言葉だが、それが愛情の最後の破壊の日であることはともかくとして、この合言葉が二人の情慾を構成している支柱でもあるのを、野村ははっきり知っていたのだ。否応もない死との戯《たわむ》れ。戦争。二人の情慾にそれが籠《こも》っていた。女体だけが逞しいのではない。この俺だって、いや、人間が、逞《たくま》しいのだな、と野村は思う。そして戦争がいつまでも続いてくれと思った。

『戦争と一人の女』というこの作品を、敗戦直後に著わしたのは、坂口安吾であった。戦争が終わり、空襲の恐怖が消え、死から解放されたといわれてきた、その時に、作家は一人の女との関係を通して、「もっと戦争をしゃぶってやればよかったな」と大胆にも書いた。「俺ばかりじゃないんだ、どの人間だって、戦争をオモチャにしていたのさ」と、反語ではなく、自身の戦争体験にひそむ感情を吐露してみせた。

いま引用した文章の部分は、ゲラの段階でＧＨＱ（占領軍）の検閲によって削除された。

他にも多く削除された文章があり、全文が完全なかたちで活字化されるのは『坂口安吾全集第十六巻』（筑摩書房、平成十二年）を待たなければならなかった。GHQの削除の理由は、「Militaristic/Love of War Propaganda」というものであったという。しかし、坂口安吾が書こうとしたのは、もちろん軍国主義の賛歌ではなく、人間という存在が、戦争と死を恐れながらも、その一方では無意識のうちに、タナトス（死への欲望）を持ち、そのことによって生命のエロース（愛情）を感じるものに他ならないという真実であった。『戦争と一人の女』という小さな物語《ヒストリー》は、そのなかに描かれた人間の性の鋭い閃光によって、人類がくりかえしてきた戦争という歴史《ヒストリー》の秘密を、鮮烈に浮かびあがらせているといってもいいだろう。

それはこの作品が書かれた翌年、昭和二十一（一九四六）年四月に発表されて、大きな反響を呼んだ『堕落論』の、次のような一節にも、はっきりと示されている。

あの偉大な破壊の下では、運命はあったが、堕落はなかった。無心であったが、充満していた。猛火をくぐって逃げのびてきた人たちは、燃えかけている家のそばに群がって寒さの煖《だん》をとっており、同じ火に必死に消火につとめている人々から一尺離れているだけで全然別の世界にいるのであった。偉大な破壊、その驚くべき愛情。偉大な運命、その驚くべき愛情。それに比べれば、敗戦の表情はただの堕落にすぎない。

これが無頼派といわれた作家の特別に個性的な戦争観ではないことは、この文章が、敗戦に打ちひしがれていた当時の日本人の多くに、深い共感を与え、多くの支持をえたことからもあきらかだろう。安吾は、日本を破滅的な戦争に導いた軍国主義者たちを軽蔑していただろうが、戦争そのものを、ただ悪として忌避し、平和をひたすら愛好することをよしとするような風潮が、いかに欺瞞《ぎまん》であるか鋭く見抜いていた。

「終戦後、我々はあらゆる自由を許されたが、人はあらゆる自由を許されたとき、みずからの不可解な限定とその不自由に気づくであろう」とも、安吾は『堕落論』で書いているが、戦後のある時期以降、日本人は「平和」と「繁栄」という、あるいは「自由」やら「民主主義」という幻影のなかで、戦争というヒストリーを語ることに、ひどく「不自由」になってしまったように思われる。

歴史《ヒストリー》＝物語の喪失としての「戦争」

それはいつの頃からなのか。

たしかに占領下においては、『戦争と一人の女』が、検閲で軍国主義的であると決めつけられズタズタにされたように、また同じ時期に小林秀雄が編集した雑誌『創元』（昭和二十一年十一月）の創刊号に掲載される予定であった、吉田満の『戦艦大和ノ最期』が、やはり「戦争を肯定する文章」として、ＧＨＱの検閲で全文削除となったように、あの戦争を体験した日本人の真実な言論は封殺されていた。

それでは、講和条約の発効（昭和二十七年四月）により、占領が終わり日本が独立した後、日本人は自分たちの戦った戦争についての、自由な言論を取り戻しえたのか。

いや、むしろ逆ではないか、と思われる。

表向きは「言論の自由」が憲法によって保障されているといいながら、日本人はあの戦争にたいするおのれのコミットメント、積極的な参加を忘却して、心理的には「あの戦争は間違った戦争であり、侵略戦争であり、いかなる正義もなかった」という、東京裁判史観のヒストリーをただうのみにする他はなくなったからである。一部の悪しき軍人や政治家が、あの戦争を引き起こし、自分たちは戦争の被害者であるという空気（世論）が、一種の見えない呪縛となっていった。

講和・独立の直後に示された、次のふたつの言葉は、この戦後の日本人の、奇妙に「不自由」な戦争観のアキレス腱を突いているように思う。

ひとつは、作家大岡昇平の小説『野火』（昭和二十六年）の鮮烈な一行である。

戦争を知らない人間は、半分は子どもである。

『野火』はフィリピンにおける自らの戦争体験をふまえた作品だが、「戦争を知らない」とは、直接の体験の有無だけを指《さ》しているのではなく、むしろ「戦争」にたいする、多元的な眼差《まなざ》しと想像力の欠如のことであろう。

もうひとつは、東京裁判のインド代表の判事ラダ・ビノード・パールが、昭和二十七（一九五二）年十一月に、広島高等裁判所の講演で語った「日本の子弟が（東京裁判によって）歪められた罪悪感を背負い、卑屈、退廃に流れるのを見逃すことはできない」という言葉である。

占領が終わり、経済の高度成長によって「平和国家」としてよみがえったといわれる日本人は、東京オリンピック（昭和三十九年）、大阪万博（昭和四十五年）を経て、一九七〇年代後半からのポスト近代《モダン》といわれる時代を通過する。そして、八〇年代後半のバブル経済とその破綻の後に、「戦後五十年」目がやって来る。細川政権そして自民党と社会党の連立による村山政権によって、政治家による「戦争謝罪発言」がくりかえされる。

平成十九（二〇〇七）年の六月二十六日、アメリカの下院外交委員会で、戦争時において、日本政府が軍用の慰安婦を強制連行したということへの「日本の首相の公式謝罪」を求める「対日非難決議案」が、賛成多数で可決された。この「従軍慰安婦問題」は、平成四年一月に当時の宮沢首相の訪韓の折に、『朝日新聞』が朝鮮人慰安婦に軍が関与していた事実を、日本政府が否定してきたといった記事を発表し、それがアジア諸国へ広がっていったという経緯がある。「日本軍による性的奴隷」という言葉も、当時の日本の新聞記事が用いている。すでに指摘されているように、慰安婦問題は、日本の国内から発火させられたのである。

いずれにしても、「戦後五十年」を経て、さらに二十年以上の歳月が経つが、あの戦争に関する日本人の言論は、依然として「歪められた罪悪感」のなかにある。いや、戦争を語る、ということにたいする「不自由」さは、政治などのパブリックな面では一層深まっているといわざるをえない。日本人は「戦争」をヒストリー（歴史・物語）として語る言葉を、今、喪失しているのではないか。

慰安婦問題と小説

戦後五十年目の頃に、そして今日もさかんにいわれる「性的奴隷」を朝鮮人やアジアの女性に「強制」した「日本軍」とは、一体誰のことを指しているのか。一部の「日本軍」なのか、あの戦争に関わった（徴兵されて関わらざるをえなかった）すべての「日本軍」のことなのか。それとも日本人のすべてをふくむのか。

古山高麗雄《ふるやまこまお》の『セミの追憶』（平成五年五月）は、従軍慰安婦のことを書いた作品である。日本のジャーナリズムが「戦後五十年」で、また慰安婦問題で騒いでいた、ちょうどその時期に発表されたこの短編を読んだときの、深い印象を私は今でも思い出す。

古山高麗雄は『プレオー8の夜明け』で芥川賞（昭和四十五年）を受けた作家で、戦時中はルソン、ビルマ、中国の雲南などを転戦し、戦後はC級戦犯容疑者としてサイゴン郊外の刑務所に収容された体験を持つ、いわば戦争と敗戦とを、戦いの第一線にあって身をもって生きた人であった。

『セミの追憶』は、そんな自分が一兵士として接した従軍慰安婦についての記憶を綴っている。むろん、作家はそれを政治や補償の「問題」としては語らない。なぜなら、「元従軍慰安婦というのは、ほぼ私と同年配」であり、「私」もまた「日本軍兵士」として「彼女たち」に接したことがあるからである。

どこの出身の、なんという名の女性が、拉孟や騰越で死んだのか、生き残ったのか、日本政府の調査は、そこまで及ぶまい。そこまでやる気もあるまい。わが第六師団司令部に派遣された朝鮮人元従軍慰安婦たちについても、その消息はもうわからない。一人、鈴蘭といったか、白蘭といったか、一応、消息が伝えられているのは彼女だけである。

作家にとって、「元従軍慰安婦」は、名前もなければ顔もわからない、戦争の「被害者」

たちではない。それは源氏名かも知れないが、名前があり、顔があり、軀《からだ》があり、そのなかの「春子」という巨《おお》きな軀の女には、自分もセミのようになってとまった記憶がある。兵隊の仲間たちがいて、そこに女たちがいた。慰安所には、兵士たちが行列を作って順番を待っているということもあり、彼女たちは苛酷な目に遭わされたこともあったろうが、自分の記憶する慰安所では行列ができるほど混むことはなかった。そして、「私」は薄れかけた記憶のなかから、その女の顔を、その名前を想起し、今もし生きていれば、と思いめぐらす。

彼女はもちろん、春子も、一度私がセミになったぐらいでは、私を覚えているなどということはありえない。しかし、私の方では、彼女は、かなりあやふやだけれども、そして源氏名だけれども、数少ない、いまだに名前を覚えている人物の一人である。

彼女は、どこかで生きているのだろうか。生きているとしたら、日帝に対して、はたまた自分の人生や運命について、どんなことを考えているのだろうか。彼女たちの被害を償えと叫ぶ正義の団体に対しては、どのように思っているのだろうか。

そんな、わかりようもないことを、ときに、ふと想像してみる。そして、そのたびに、とてもとても想像の及ばぬことだと、思うのである。

追憶のなかで、その果てで作家は「わかりようもないことを」想像する。自身が体験したこともすでにおぼろげな記憶になっているが、しかし、そこに兵士として存在し、男として存在し、彼女の軀の上にセミのようにとまったことはたしかである。半世紀以上前に、「日帝」の軍隊の一人として、戦地に赴き、戦塵にまみれ、戦犯として獄中生活を送った作家は、ここで可能なかぎり追憶する。彼女たちのことを思い、想像する。作家は、彼女たちの「従軍慰安婦」としての屈辱や怒り、人間としての尊厳や生きる権利については、ここで何ひとつあからさまには語らない。自分を「日帝」の「加害者」として反省し、春子を「性的奴隷」としての「被害者」と見なすこともしない。なぜしないのか。それは「私」にとってもまた「わかりようもない」ものだからだ。

古山高麗雄は、「平和、平和と言っている」戦後の日本人を、あるいは「彼女たちの被害を償えと叫ぶ正義の団体」を批判しているのではない。ただ、想像してみても「とてもとても想像の及ばぬこと」にたいして、「叫ぶ」ことだけはすまいとする。それがあの戦争に直接コミットし、体験した、作家の言葉の倫理だからである。『セミの追憶』という小さな物語《ヒストリー》、文字通り「小説」は、ここであの戦争をめぐる、そして「従軍慰安婦問題」をめぐるマスコミの喧騒にたいして、あくまでも声低く語る。それは、言葉を書き遺すことによる、歴史《ヒストリー》への返答である。

古山氏は、平成十四（二〇〇二）年の三月に八十一歳で逝去する。米議会での「従軍慰安婦問題」の非難の決議を、また今日の韓国政権の慰安婦問題の外交・政治利用を、もしこの作家が生きていれば、どんなふうに感じただろうか。まさに「及ばぬ」ことだが、想像してみるのである。

第九論　沖縄というトポスの逆説

目取真俊『虹の鳥』、大城立裕『カクテル・パーティー』

引き裂かれる島オキナワ

沖縄は戦後、ふたつの相反するイメージによって、引き裂かれているように思われる。ひとつは輝く青い海と空、マリンブルーの「癒しの島」としての観光地である。海洋博やサミットがおこなわれ、〝琉球〟という言葉がエキゾチックな響きを持つ美しい南国の島々。こうした明るい〝沖縄ブーム〟は、一九九〇年代以降、今日まで続いている。

もうひとつは、こうした「癒しの島」のなかに依然として存在しているアメリカ軍基地と、戦争以来ながく日本「本土」の犠牲となってきた来歴からくる、沖縄の人々のうちに消し去りがたくある、抑圧されたアイデンティティと「怒り」の根源的感情だ。米軍基地の問題（辺野古移設）は、平成のこの国の歴史のなかでも最重要課題であるが、それはたんなる基地問題ではない。沖縄の人々の共同意識に根ざす「感情」の問題なのだ。しかも、その「怒り」は、平成七（一九九五）年九月に起った米海兵隊員による少女暴行事件や、平成十六年八月の米軍ヘリの沖縄国際大学への墜落など、「本土」復帰以降もいっこうに変わらぬアメリカ支配の現実と、そのアメリカに依存・従属することでしか自国の

「平和」と「国益」を支えることのできない日本（本土）そのものへの、二重の屈折のなかで、沖縄の人々のうちに、深く内攻しているように見える。

平成十九年九月二九日に、宜野湾《ぎのわん》市で開かれた「集団自決」をめぐる歴史教科書記述の撤回を求める集会には、十一万人が集まったという。「歴史の歪曲を許さない」などと書かれたプラカードや横断幕のなかで、当時の仲井眞県知事は「ある種のマグマというかエネルギーが爆発寸前にあるのではないかと予感させる大会だった」と語ったそうだ（朝日新聞、平成十九年九月三十日朝刊。十月七日の「産経新聞」一面は、主催者側の十一万人という数字がねつ造であり、実際は四万人強との証言があったと報道している）。

「歴史的事実がねじ曲げられた」という「事実」にかんしては、たとえば、座間味島・渡嘉敷島での「集団自決」が、日本軍の隊長命令によるものではなかったという関係者の明白な証言がすでにある。個々の「歴史的事実」を「ねじ曲げ」てきたのは、むしろ戦後の一部日本のメディアであり、それに便乗した左翼知識人たちの言説であった「事実」は今日あきらかである。だが、それと日本政府と本土の日本人への沖縄（琉球）の反撥としての歴史的な集団観念とは別である。

たび重なる沖縄の叫びは、沖縄の人々の「怒り」のマグマが「爆発寸前にある」ことを、改めて示している。そのマグマは、平成の最後の最大の辺野古移設問題に、今、まさに集約されている。マリンブルーの「癒しの島」の内部に、とぐろを巻くようにのた打っているこの「怒り」は、まさに「島ぐるみ」のものであるかのようだ。だが、このマグマは、どこにむかって「爆発」しようとするのか。日本「本土」へか。それともアメリカに対してなのか。基地に依存することで戦後を生きてきた来歴と、その現実を「癒しの島」のイメージで払拭しようとする沖縄人自身の〝現状〟に対してなのか。

それらは二重三重に、オキナワという場所に巻きついているのではないか。そのことを強烈に感じさせる小説がある。

目取真俊『虹の鳥』の暴力性

昭和三十五（一九六〇）年生まれの芥川賞作家の目取真俊《めどるましゅん》の『虹の鳥』（『小説トリッパー』平成十六年冬号）を読んだときの、一種いいがたい閉塞感は、作中にこれでもかといった具合に描かれる暴力描写とともに、私に強い印象を与えた。

中学校で受けたリンチによって、ドロップアウトして裏社会で生きなければならなくなった主人公カツヤは、薬漬けにされた少女マユに売春をさせ、相手客の男の写真を撮っては、彼らから金を巻き上げるという仕事をやらされる。マユは十七歳だが、その痩せた体の背中には虹色の鳥が彫られている。カツヤは恐喝に使う写真を、比嘉という男に渡して金をもらうことをくりかえしている。実際に恐喝するのは比嘉であり、手下のカツヤに渡る金はわずかであったが、中学以来比嘉の容赦ない暴力にさらされてきたカツヤは、恐怖から逆らうことができなかった。マユをあやつり支配するカツヤの暴力、そしてカツヤをがんじがらめにする比嘉と裏社会の暴力。その暴力の連鎖の背景に、金網のフェンスに囲まれた広大な米軍基地の風景が浮かびあがる。

基地の横を通り抜けようとするカツヤは、プラカードを手にしシュプレヒコールをあげるデモ隊と遭遇する。九月のはじめに起った、小学生の少女が米兵に車で拉致され暴行された事件への抗議のデモ隊であった。普段は米軍がらみの事件に無関心なカツヤも、この事件を知ったとき「全身の血が泡立つような感覚」をおぼえた。彼のなかでは、米兵に押さえられて泣き叫ぶ少女の姿と、自分が男たちに売春させているマユの姿とが重なった。

カツヤの父は、かつてコザ暴動のときに、群衆に交じって米兵の車両をひっくりかえして、火をつけて回ったと自慢していたことがあった。嘉手納基地のゲートに押し寄せる群衆。沖縄人がたった一度だけ、自分たちの手で起した暴動。カツヤは子どもながらに、その群衆の迫力を語る父をうらやましくも感じたが、父親は実際には、軍用地料によって収入をえていた。自分もまた米軍基地が、そこにあることによって恩恵を受けてきた一人なのだ。そう思いながら、カツヤのなかには抑えがたい「怒り」が沸き上がる。

こんなデモで何が変わるか。おそらく、このデモや集会の様子をテレビか新聞で知った父は、米軍や日本政府に対する圧力になって軍用地料が上がる、と喜ぶだろう。たまにはアメリカー達が事件を起さないと、革新団体が騒がなくなって、軍用地料も上がらんからよ、事件とか事故も無《ねー》いらんねー困《くま》るんばーよ。親戚が集まったとき、酒をあおりながら宗進がそう言うのを聞いたのは、一度や二度ではなかった。

広がる基地のなかには、米軍住宅の灯が見える。その明りの下では米兵の家族が、デモがおこなわれていることも知らずに生活している。金網を一枚隔てた、別の世界がそこにある。カツヤはこう思う。

米兵に沖縄の少女がやられたんなら、同じようにやり返したらいい。そう考えて実行する奴が五十年の間一人もいなかったのか。襲う奴と襲われる奴が決っている、そういう島なのだ……。

「別の声」がカツヤの心に走る。

自分は何もできないくせに、何言ってるか。親の金にすがり、比嘉の言うがままに動き、いかれた女の世話をするしか能のないお前が……。

何も考えるな。止めどなくあふれ、勝手に走り出しそうになる言葉を、カツヤは堰《せ》き止めた。泥の臭気のように湧き出す言葉は自嘲に変わり、内部から意志と気力を腐らせる。これ以上自分を疲れさせるな。そう自らに言い聞かせ、運転に集中した。

『虹の鳥』の主人公の憤りは、その対象を、出口を見出すことができない。暴力によってか弱い少女を押さえつける自分。その自分を圧殺する比嘉の暴力。アメリカ、ヤマトンチュー、ウチナンチューという戦後体制の抑圧の構図が、そこに投映されているのはあきらかだ。この小説が発表された年の八月一三日には、あの米軍ヘリの墜落という事故があったが、米軍は「日米地位協定」を盾に日本側の検証を拒否、事故現場への立ち入りも許さなかった。

沖縄の「復帰」三十五年の平成十九（二〇〇七）年、文芸雑誌『すばる』（同年二月号）は、オキナワ詩集を組んだが、そのなかの座談会で、黒澤亜里子（日本近代文学研究者）はこう発言している。

日取真さんが『虹の鳥』を書いた年に、たまたま私の勤務していた沖縄国際大学へ米軍のヘリが墜落したんです。大学のすぐ隣は普天間基地ですが、その基地のフェンスを乗り越えて米兵がどんどん入ってきて、大学や周辺住民、県警や消防隊まで排除して大学を占拠する状態が一週間も続いたんです。これは実は、現場に飛散したストロンチウム90という放射性物質の証拠隠しだったことが後で分かるんだけれども、ライオット・ガンという暴徒鎮圧用の銃まで装備して、とにかくものすごい威圧感でした。本土のメディアではほとんど報道されないんだけれど、こちらでは号外が出た。ふだんは忘れていても、いざとなると表面に出てくるこうした暴力が潜在的にいつもあるわけです。

「沖縄―ディストピアの文学」

平成時代の文芸雑誌を覗いてみると、暴力的なものをテーマにした若手作家の小説があふれている。阿部和重、中原昌也、舞城王太郎、中村文則、金原ひとみ等々、テロや戦争あるいは少年犯罪や幼児虐待やいじめなどの社会的現実が、文学に反映されている。しかし、『虹の鳥』の描き出す「暴力」は、オキナワというトポスと歴史が孕む、特殊な現在を浮きぼりにする。

少女暴行事件に抗議するデモ隊を、金網越しに緊張して眺めている米兵が立っている緑の芝生は、かつては村の市場で賑わっていた場所であるとカツヤは祖父母から聞いたことを思い出し、こんな感慨にとらわれる。

祖父と祖母が出会ったのもその市場だった。市場の近くには、村人が拝み続けてきた拝啓《うがんじゅ》があり、ガジュマルの巨木が枝を広げていた。甘い水の湧いたという泉や海《かー》から取ってきたサンゴの石垣。福木の屋敷森。神人《かみんちゅ》たちが夜通し神歌《かみうた》を歌って祈ったという御嶽《うたき》の森。それら全てが今は基地の中に消えて、滑走路や倉庫や住宅、芝生の空間に変わっている。

もし戦争がなく、米軍基地として強制接収されることがなければ、カツヤたちも金網の向こうの土地に生まれ育ったはずだった。そうだったら、今とはまったく違った人生を生きていたはずなのに……。カツヤの人生だけでなく、両親や祖父母、戦後の沖縄を生きた人々、全ての生き方が変わっていたはずだった。

しかし、現実は「米軍基地の金網が続いている」だけであり、それはいかにしても「変えることのできない」厚い壁のようにある。その無力感と閉塞感が、カツヤの「内部から意志と気力を腐らせる」。

『虹の島』は、九〇年代以降のマリンブルーの「癒しの島」的な沖縄が、その内部においては、人々の出口のない「怒り」と「虚無」がグルグルと回転する他はないような、深い絶望としての「全体主義の島」となっている、その現在の姿をあらわにしているように思われる。

『カクテル・パーティー』の光と影

このことは昭和四十二（一九六七）年に芥川賞を受賞し、戦後の沖縄文学の存在を知らしめた大城立裕《おおしろたつひろ》の『カクテル・パーティー』と比較してみると、はっきりと見えてくる。『カクテル・パーティー』はアメリカ軍の統治下という状況で、主人公の沖縄人が知人の亡命中国人と連れだって、ミスター・ミラーというアメリカ軍人の基地住宅《ベースハウジング》に招待される話である。そこでは親善というかたちが演出され、酒を飲みながら自由にお互いの意見を交わすといった雰囲気が作られる。しかし、パーティーから帰った主人公を待っていたのは、娘が借間人として顔見知りでもあったアメリカ兵に強姦されたという痛ましい現実であった。さらに娘が、そのロバートというアメリカ兵を、犯された後に岬の崖から突き落して大怪我をさせたという事実があきらかになった。ロバートと娘は、借間人と家主の娘という気安さで、街で夕食をとったあと、M岬に夕涼みに出かけて、そうした事件が起ったのである。

主人公はこの事実を知り、ロバートを告訴しようとするが、逆に娘が米軍要員にたいする傷害の容疑で逮捕されるという事態に立ちいたる。もともと暴行されて逆上した娘がロバートを突き落したのはあきらかであり、そこには因果関係がはっきりある。しかし、男の暴行事件の裁判は米軍がやり、娘の裁判は琉球政府の裁判所がおこなうということになる。主人公はここで改めて、沖縄人の「行政機関の政府」の上に、もうひとつそれを「監督する政府」があることを思い知らされる。しかも琉球政府の裁判所は、軍要員にたいして証人喚問の権限をもたないのであり、娘（被告人）が正当防衛を主張しても、ロバートを証人として喚問できないのであれば、立証は不可能である……。

主人公は、こうした絶望的状況のなかで、親しくしてくれていたミスター・ミラーに証人として法廷に出てほしいと哀願するが、ミラーは「アメリカ人」の立場としてこれを拒否する。また友人の中国人にも協力をあおぐが、「私は第三国人である」と、これも断わられる。主人公は「中国は、戦争中に日本の兵隊どもから被害をうけた。いま沖縄の状態をみれば、その感情も理解できるのではありませんか」と切りこむが、中国人の友人は戦時中に重慶の近くの町に住んでいたときの衝撃的な出来事を語る。――四歳になる長男が行方不明になり、捜しまわって日本軍の憲兵隊に子どもが保護されているところに出会い安心し、すっかり暗くなった街を家に帰ってみると、病気の妻が日本の兵隊に犯されていた、と。

アメリカ人と中国人、そして被占領下にある沖縄人。自由で紳士的に見えたパーティーでの親善が仮面であったことが、現実の事件の苛烈さのなかであばき出されていく。『カクテル・パーティー』は、復帰前の「沖縄の地位」を、文学作品として緻密な構成と描写によって、見事に表現している。そこで描かれているのは、しかし、ただ沖縄のおかれた出口なしの状態だけではない。国際親善がたとえ仮面であっても、それを知りつつ、自らの絶望的現実に立ち向かおうとする、主人公の対峙する姿である。彼はミスター・ミラーとも、中国人とも、最後まで真剣に対話することをやめない。自分の娘が裁判で敗れ、さらに傷つくことを知りつつも、暴行と傷害事件の真実をあきらかにするために戦うことを決意する。娘が、周囲の視線に耐えて「健康いっぱいにたたかってくれると祈る」のである。

『カクテル・パーティー』は、アメリカ占領下の沖縄――『虹の鳥』のカツヤの言葉でいえば、まさに「襲う奴と襲われる奴が決っている、そういう島」の現実を描き出している。しかしそれ以上に、占領支配からの脱却、祖国復帰という「出口」への希望が、ほとんど「怒り」のエネルギーと一体となって、ポジティヴに燃えているように思われる。

『カクテル・パーティー』は、『新沖縄文学』の第四号（昭和四十二年二月）に発表された。その五年三カ月の後に、沖縄は本土復帰を果した。それからすでに長い歳月が流れたが、この歳月のなかで、「本土」日本は沖縄とどれだけ真剣に対峙してきたのか。同胞としてどれだけ対話してきたのか。自国の安全保障をアメリカの軍事力にまかせ、米軍基地は沖縄に押しつけて、「平和」ボケを食ってきただけであったのではないか。沖縄には、以前と「何も変わることなく」潜在する米軍の「暴力」を容認させ、それに依存し従属してきた「日本」は、沖縄にとっての顕在的「暴力」であったといっても過言ではないだろう。そして二十一世紀になって、平成の終わりに、それは益々、構造的に深まっているのではないのか。それこそは、沖縄を「内部から意志と気力を腐らせる」結果になっている。民族の魂の絶望と腐敗は、容易に全体主義を招き寄せるのである。

第十論　日本文学に跋扈《ばっこ》するデマの怪物

江藤淳『批評と私』

平成の三十年間とは何だったのか

ちょうど、平成二十年目をむかえた年の流行語の代表が、偽装の〝偽〟であったことにあきらかなように、ニッポン社会は、身近な衣食住から国家の外交・防衛に至るまで、ありとあらゆる領域で〝偽〟が横行している。そして〝偽〟は〝欺〟を生み出す。さらに自らをもあざむく〝欺〟は、日本人の道徳心や公共心の底なしの〝腐敗〟をもたらしている。この民族の魂の腐敗、モラルハザードは、いつからこの国で始まったのか。

もちろん、それを敗戦とアメリカの占領にはじまる戦後体制という歴史にさかのぼれば、七十余年も前からといえるだろう。戦後二十五年目、四半世紀目に、作家の三島由紀夫は自衛隊で割腹し、戦後レジームの自己欺瞞の象徴として「平和」憲法に体をぶつけて死ぬ奴がいないのか、と叫んだが、また死の直前に、次のような予言をしていた。

このままいけば、日本はなくなって、その代わりに、無機的な、からっぽな、ニュートラルな、中間色の、富裕な、抜目がない、或る経済的大国が極東の一角に残るであらう。

一九八〇年代は、この三島の予言がぴったり当った時代であった。しかし、それは半分であり、九〇年代以降のポスト冷戦時代に突入すると、この「或る経済的大国」は世界史のレースから滑り落ち、国家としての指針すら持ちえず、内と外に向かって〝偽〟と〝欺〟をくりかえして迷走し漂泊してきたのが現実なのだ。

サミュエル・ハンチントンは『文明の衝突』（一九九六年）で、冷戦後の世界の多極化をいい、その文明の一つとして「日本」の名をあげたが、独自の歴史と文化を保ってきたはずの「日本」が、ひとつの「文明」として「極東の一角」に残っているのかさえ、今日怪しいのではないか。

この日本国の漂流は、やはり一九八〇年代の半ばあたりから始まっているように思われる。

八〇年代前半、日本はまさに「富裕な、抜目がない、或る経済的大国」として突出し、アメリカを経済的に席巻する勢いであった。コロンビア映画やロックフェラー・センターが日本企業によって買い占められ、米国の対日赤字は八七年に五六七億ドルにものぼった。

それゆえ八五年のプラザ合意、八九年の日米構造協議、そして九三年の「年次改革要望書」の取り決めなど、アメリカは日米間の貿易不均衡の是正、というより日米経済戦争に本格的に乗り出して、ほどなくこの「経済的大国」はバブル崩壊の奈落へと転落した。九〇年代は、世界のアメリカ化の実験場として「日本」が存在した、とさえいわれるが、それは政治的には小泉純一郎政権の「構造改革」に象徴されるように、「改革」というマジックワード、まさにコトバの〝偽〟と〝欺〟によって、日本の国柄が徹底的に破壊されることであった。

平成十五（二〇〇三）年以降、アメリカのファンドなどによる日本市場の買い占めが進み、日本的経営法や家族主義のシステムはことごとく瓦解させられた。日本人が日本人らしく暮らす文化も破壊され、弱肉強食、優勝劣敗の市場原理主義が、いびつな競争社会をもたらし今日に至っていることはいうまでもない。

さらに注目すべきなのは、八〇年代半ば頃より、日本でもインターネットなどの情報産業革命が飛躍的に展開し、それがいわゆる大衆社会状況と結びついて、人類史上空前といってもいいデマゴギー時代が到来したことである。デマゴギーとは、大衆煽動のことだが、その語源をたどれば、古代ギリシャの「民主政治」にまでさかのぼる。つまり、「デマ」とは嘘話やでっちあげというのではなく、デモスすなわち民衆のことであり、それを指導者（アゴコス）がコトバによって煽動することである。デマゴギーのルーツは民主主義、大衆主義であり、その民衆を動かすには、彼らに受ける煽動的な嘘話をまきちらすのが一番効果的であるということなのである。

第一次大戦後のメディアの時代（ラジオや映像の出現）に、ナチスが政治的プロパガンダ（宣伝）として、最大限にこのデマゴギーを用いたのはよく知られているが、高度情報化社会の今日、権力と大衆という二元的な対立構造に収まりきらない、それは複雑怪奇な代物になっている。独裁者や権力者が、メディアを使って、大衆を自分の思うままに動かすという一方通行のそれではなく、むしろ「世論」というあいまいで、感情的・流行的なものが、大衆の声として新聞やTVやネットで喧伝され、それが政治家や指導者を動かしている。大衆は、むしろ自らを煽動してくれる（たとえば「自民党をぶっこわす」と連呼する自民党総裁の小泉）指導者を、デモ・クラシー（大衆・支配）の代表として求める。つまり、大衆は、自らを煽動すべくデマゴギーをつくり出す。

この三十年来、日本の政治・社会は、権力意志を持った権力者によるデマゴギー（民衆煽動）に操られているのではなく、民意すなわち大衆人そのものが、「改革」というマジックワードに酔い痴《し》れて、あらゆる制度を破壊する無自覚なデマゴゴス（煽動家）となり果てているのである。それはデマ（大衆）自体が、自身のデマ（嘘話）の尾っぽを呑みこんでぐるぐる回る、ウロボロスの蛇の姿態である。

大衆化社会とデマゴギーの時代

哲学者のハイデガーは、このような「大衆人《ダス・マン》」の関心は、「噂話」と「好奇心」であり、それをひたすら刺激するのが現代のテクノロジーであるといった。この意味で、あれこれの噂話を面白おかしく並べて、スキャンダルや失言などを見せ物として選挙を演出するTVメディアを、テレポリティックスと呼ぼう。もちろん、ハイデガーは、この種の「大衆人《ダス・マン》」を、自分の生き方を真剣に問うこともなく、また共同体への想像力をも失った頽廃した「人」と定義してみせたのである。

しかも、厄介なのは、この「人」たちは、決して無知でも蒙昧《もうまい》でもないのである。すでに九十年以上も前、スペインの思想家オルテガが、こう指摘している。

わたしは大衆がばかだといっているのではない。今日の大衆人は、過去のいかなる時代の大衆人より利口であり、多くの知的能力を持っている。(中略)大衆は、偶然が彼の中に堆積したきまり文句や偏見や思想の切れ端もしくはまったく内容のない言葉の在庫品をそっくりそのまま永遠に神聖化してしまい、単純素朴だからとでも考えないかぎり理解しえない大胆さで、あらゆるところで人にそれらを押しつけるであろう。

『大衆の反逆』一九二九年、神吉敬三訳、邦訳一九六七年

現代の「大衆」は、もっと狡知《こうち》にたけている。それはTV画面のなかで演じられているテレポリティックスの〝偽〟と〝欺〟のくりかえしの愚を、すでに気づいていながら、退屈半分にそれを面白がっているからである。そこに漂うのは頽廃とニヒリズムの臭気である。

TVでパフォーマンスに躍起となる政治家でも、政治ショーとお笑い番組を同次元でシニカルに眺める視聴者(有権者)も、そこで交わされている言葉を全く信用できなくなっている。言葉そのものが、決定的に価値を喪失する。これこそ情報化社会のデマゴギー時

代の最大の問題なのである。

制度と化した文学

言葉を信じることができなければ、文学者は一行も書くことができない、と三島由紀夫は語った。むろん、それは日本語の微細なニュアンスを、作家と読者が共有するということである。言葉の持つ歴史的な意味の蓄積を味わうことができるということだ。

文学とは、この言葉の価値性の上に成り立つ芸術であり、それを支えるのは作家一人ひとりの自由な肉声である。それは、デマゴギーの正反対にあるものだろう。現代日本文学が、この点でほんとうに「文学」たりえているのか、ここでは取りあえずは問わない。

ただ、一九八〇年代の半ばに、政治や経済のみならず、文学の場面においても、言葉が著しくデマゴギーと化していく風潮があった。それは昭和五十九（一九八四）年の五月におこなわれた第四十七回国際ペンクラブ東京大会のテーマに象徴される。当時日本ペンクラブの会長は作家の井上靖であったが、東京大会のメインテーマが「核状況下における文学――なぜわれわれは書くのか」と決ったことにたいして、それがあきらかに政治的な

「反核」決議ではないかとの異論が起った。

評論家の江藤淳は、「ペンの政治学」（『新潮』昭和五十九年七月号。後に『批評と私』新潮社、昭和六十二年）という一文をただちに書き、日本の文壇が「反核アピール」という政治的メッセージを提案したことを厳しく問い質した。これはそもそも東西ドイツとスウェーデンの各ペンクラブが「東西における核保有国」の全てに反核による世界的な平和を訴えた、その提案を受けて、東京大会でもそれを議題とするというプロセスでなされた。当時日本ペンの理事の一人であった江藤淳は、この決議が、ペン憲章第二項の「あらゆる状況の下で、……政治的感情に左右されてはならない」との規定に抵触しているとして、理事会においてただ一人だけ反対を表明したが、結果的には「三十対一」で決定し、このテーマで同東京大会は開催された。「ペンの政治学」は、この経過をきわめて具体的に証言した、ドキュメンタリーといっていいが、その文章の背後に強く感じられるのは、文学者が自らの肉声を信じられなくなり、ペンクラブというひとつの集団の決議という現実のなかで、言葉が政治的プロパガンダのなかに、いとも容易に呑みこまれていくことにたいする違和と不信である。それはたんに政治的な立場の違いといったことではない。むしろ、〝反核〟を決議すること自体のなかに、ある〝排除〟の論理が政治的に作用しているところが問題である、と江藤淳は指摘する。

すなわち、〝反核〟を決議することは、そのことによって必然的に、核の均衡こそ平和維持に不可欠だと考える立場の人々を〝排除〟し、また核兵器がこの世に存在しようがしまいが、そんなことは文学者の日々の営為とは何の関わりもないと考える人々をも、同様に〝排除〟することになる。しかも、この〝排除〟は、単にこれらの人々を疎外するのみならず、その意見表明の否認をも伴わずにはいないのである。

政治的な立場は異にしても、各々の自由な言論を信じ、自らの思想信条を言葉に託すること以外にはないはずの文学者の場所で、このような排除の論理が行使される。しかも、それが国際ペン東京大会という、日本を代表する作家や評論家たちが集うイベントにおいて、〝平和〟と〝反核〟という美辞麗句によって公然と権力的におこなわれる。そのとき、デマゴギーの対極にあるはずの文学者は、最悪のデマゴコス（煽動家）として登壇して来る。

どうして、このような事態に日本の文学と文壇は陥ってしまったのか。それは政治イデオロギーの独裁というより、むしろ日本の文学世界のなかに「多目的な権力構造」が潜在しているからではないか、と江藤淳は問う。そして、このデマゴコスたちの構造を、名づけて「オロチX」と呼んだ。あの八岐《やまた》の大蛇《おろち》のような、二た股か三つ股を持つまがまがしい怪物である。

(前略) 少くとも日本の文壇とジャーナリズムに関するかぎり、このオロチXこそは、そのなかに饐《す》えたような匂いを漂わせ、知的・精神的頽廃を充満させている元兇だといわなければならない。なぜなら、このオロチXは、〝平和〟を掲げて自由を圧殺し、〝反核〟と多数の名において個人の自由な肉声を奪おうとしている、多目的な権力構造だからである。

(傍点原文)

江藤淳が、八〇年代の主要な評論の仕事を通して、占領下におけるGHQの言論検閲の実態をあきらかにし、その呪縛が講和独立の以降も、いや平成の御世に至るまで、より深いところで日本人自身の言語空間を閉ざされたものにしていることを鋭く告発したことはよく知られている。昭和五十九（一九八四）年の国際ペン東京大会の「反核アピール」の「オロチX」もまた、この戦後の「閉された言語空間」の産物のひとつに過ぎないのであり、今日でも、現役の政治家が核武装についての議論をしようとするだけで袋叩きにあうのも同じである。いずれにせよ、実際この時期から、日本文学は文学の生命線である「言葉」の自立と自由を失って、奇妙に制度的な色合いを強め、会社の人事異動のように、大小さまざまの文学賞が文壇のボスによって配分されることで、その制度が維持されるようになる。文学の価値基準は外在化され、自由な肉声と強烈な個性を持った作家はほとんど現われなくなった。

国際ペンの東京大会が、スウェーデンの提案した「反核アピール」をメインテーマにしたことは、もちろんノーベル文学賞という外在的な〝権威〟を見すえていたのはあきらかであった。川端康成に続く日本人の受賞者の名前が当時あがっていたのであり、日本ペン会長の井上靖、そして遠藤周作、安部公房、大江健三郎らの名が巷間伝えられていた。日本の文学者がノーベル賞を受賞することはいい。東京大会がそのための事前運動だったとしてもよい。しかし、文学作品の、その価値基準が、戦後レジームの枠組をさらに卑小化したような「多目的な権力構造」の文壇制度によるものであり、さらに外国の〝権威〟にゆだねられているとすれば、これほど頽廃的なことはないだろう。江藤淳は、ここに日本文学の衰滅を見ていた。

それは、とりもなおさず、日本語で書かれた文学作品の優劣を判断する最終的基準が、日本の読者にではなく、翻訳を通じてしか作品に接するほかない、外国の読者にあると考えることにほかならない。そして、このように倒錯した排外主義と国際的出世主義の論理が、あのオロチXの〝排除〟の論理と、どこかでひそかに手を握り合っていたとすれば、どういうことになるか。いかに紳士的な仮面の下に隠されているとはいえ、それはほとんど文壇恐怖政治の出現ではないか。

言葉の自立性と信頼を失えば、そもそも「文学」の存在理由すら成り立たない。どんなに文学的に美しい装いがなされたとしても、それはしょせん〝偽装〟に過ぎない。

一九八四年の国際ペン東京大会の「決議案」を記したのは、「ペンの政治学」によれば大江健三郎であったというが、この大会からちょうど十年後、平成六(一九九四)年に大江氏はノーベル文学賞を受賞している。日本の現役作家に世界的な〝権威〟の賞が与えられたわけだが、それは日本文学の〝国際化〟といって手放しに喜べることであったのだろうか。日本の文学者と文壇ジャーナリズムが、自分たちの信ずる言葉で文学を創造し、それを批評する能力を失い続けてきたとすれば、ノーベル賞という外からの評価を待ちわびる他はなかったともいえるのではないのか。

ノーベル文学賞の〝権威〟は、その後の日本現代文学に活気をもたらしたといえるのか。どうもそうはいえない。

一九八〇年代の半ば以降、そして平成の三十年間の長きにもわたって、文学者のみならず、この国のほとんどあらゆる領域において、「言葉」の偽装が、無自覚的に公然となされ続けてきたからである。「言葉の力を信じる」といいながら、一方であからさまなデマゴギーをやめない大新聞の例をあげるまでもない。恐るべきは、しかしデマの横行によって、日本人が自らの歴史と魂につながる「言葉」を果てしもなく喪失していることなのである。

第十一論　「国土」という意識の喪失

内村鑑三『デンマルク国の話』

「領土」自覚の欠落

三十年ほども前になるが、ドイツのデュッセルドルフに一年間滞在していたとき、在留邦人のためのクラブの小さな図書室で、『機動部隊』という大東亜戦争の海軍戦記を偶然に手にして読んだことがあった。著者は、『真珠湾攻撃総隊長の回想――淵田美津雄自叙伝』（中田整一編、講談社、平成十九〈二〇〇七〉年）で話題となった、連合艦隊の航空参謀として真珠湾攻撃の主役をなし、多くの海戦に参加し、ミッドウェーで負傷、戦後は一転してキリスト教の伝道者となったその人、淵田美津雄であった。今でも強く印象に残っているのは、本に載っていた当時の若い軍人、パイロットたちの初々しさのなかに、ふしぎな明るさを湛えたその表情の美しさであった。そしてもうひとつ、日本はこの大戦に敗れておおくの領土を失い、これからは限られた列島のなかで耐えながら生きていく他はない、という意味の沈痛な一文であった。

欧米列強の来襲によって太平の夢を破られた日本人は、近代国民国家をつくり、日清・日露戦争以後、列強と対峙しつつ領土を拡げていったが、資源もない極東の小国が植民地化されることを拒むためには、当時それは不可避の道であった。林房雄が『大東亜戦争肯定論』で述べたように、維新以前より西洋の列強諸国との事実上の戦争状態に突入した日本は、大東亜戦争の敗北に至るまで〝東亜百年戦争〟を戦い続けねばならなかったのである。そして昭和六（一九三一）年の満州事変以降に、中国大陸で転戦を重ね、大東亜戦争においては、北はアリューシャンから南は南太平洋に至る広大な領域で主に米英軍と戦った。昭和二十年八月十五日の敗戦は、満州国、朝鮮、台湾、南洋諸島など明治以降に日本が獲得し統治していた地域をことごとく失わせることになった。また、日ソ中立条約を一方的に侵犯したソ連によって、国際法に基づき統治していた南樺太、千島列島に加え、日本固有の領土であった、歯舞群島、色丹島、国後島、択捉島の四島を奪われた。淵田美津雄がその戦記の冒頭で、明治国家の成立以来、国民の血によって獲得し守ってきた、この「国土」の喪失を深く嘆かざるをえなかったのは当然のことであったろう。それはまた当時の日本の「国民」に共通する思いでもあっただろう。

戦後七十余年、平成の日本人の意識から決定的に欠落してしまったのは、この自国の「領土」にたいする痛覚である。現在、北方領土返還運動は民間レベルではなされているが、日ロの政府間の交渉はなお困難な状況にある。改正教育基本法で郷土・国への愛情の育成をうたいながら、小中学の社会科の学習指導要領では、竹島や尖閣諸島の言及はない。韓国の国定教科書が竹島（独島）を大きく取りあげて、領土意識を涵養《かんよう》しているのとは対照的である。竹島や尖閣諸島に積極的に言及しないのは、中国や韓国への〝友好〟による配慮である、などというのは理屈にもならない。〝友好〟という言葉は個人のあいだにおいては成立するが、国家間のあり方としては、むしろ誤解を生じさせ国益を損なうことになる。

かつてアメリカの太平洋軍司令官が訪中したさいに、中国は両国による太平洋分割を提案したという。つまり海軍を増強した中国がハワイ以西を支配し、ハワイ以東は米国がとるというのである。現在、アメリカと中国は経済・貿易をめぐる「戦争」に突入しているが、アメリカはあくまでも自国の利益を第一とする。日本は台湾とともに、このままいけば、太平洋の西を支配する中国の冊封体制のなかに完全に組み入れられることになろう。これも、領土や領海にたいする日本人の驚くほどの無感覚がもたらすものだ。領土意識の欠落は、この国のナショナリズムの衰退の端的なあらわれである。

国益（ナショナル・インタレスト）は、各国の資源ナショナリズムによる世界史の新たな覇権レースが展開されはじめた今日、領土、領海にたいする国民の自覚の強さによって支えられるべきものである。平成ニッポンがまさに危機的なのは（元号が改められても同じだ）、そのことをうながす国の指導者が、ほとんどゼロに近いという現実にある。

〝友好〟外交は国を亡ぼす

ドイツを代表する歴史家フリードリッヒ・マイネッケは、『近代史における国家理性の理念』（一九二四年）で、国益（ナショナル・インタレスト）の概念の根本に、国家理性（シュターツツレーゾン）という言葉を用いた。国の指導者は、自国の利益を個人的欲望のためではなく、人民の安寧を守り、国家の益を追求するために、あらゆる努力を払うことを使命としているといった。

国家理性とは、国家行動の基本原則、国家の運動法則である。それは、政治家に、国家を健全に力強く維持するためにかれがなさねばならぬことを告げる。また、国家は一つの有機的組織体であり、しかもその有機体の充実した力は、なんらかの方法でさらに発展することができるばあいにのみ維持されるがゆえに、国家理性は、この発展の進路と目標をも指示する。

『世界の名著65』所収、岸田達也訳、中央公論社

重要なのは、マイネッケがこの「国家理性」の発展の要素として、力と道徳をあげていることである。パワーとモラルのふたつが、決定的に大切であり、権力（当然のことながら軍事力も含まれる）による行動と道徳的責任による行動のあいだには、国益という価値によって、その高所にひとつの橋が架けられているというのである。激動の二十世紀を生きた歴史家ならではの、透徹した眼差しがとらえた国家観であり、政治家論であろう。

戦後の日本は、この力と道徳のもとに「国家」を運営していく道筋を欠いてきた。日本国憲法の前文が、自国の「安全と生存」を保つものが、自分の「力《パワー》」によってではなく、「平和を愛する諸国民」への「信頼」によってといっているところなどは、文字通り国家としての〝理性〟を喪失している。そして、自分たちの「安全と生存」を他人まかせにすることは、安全保障上の問題だけでなく、国家としての「自立と自尊」をあらかじめ放棄するという、モラリティの欠如ゆえに、より深刻な問題となる。国益がぶつかりあうのを常とする国際社会のなかで、どこの国とも仲良くし、友好を信じて頼むといったことをす

れば、それは全くモラリティのない外交でしかない。

政治道徳の法則は、国際法なりなんなりがあるにしても、各国の利益の調整のなかにあり、またその国々の伝統・文化・宗教に根ざしたナショナリティにあるからだ。今日の日本社会のあらゆる局面におけるモラルハザードは、このナショナリズムの欠落によるものであり、国家としての「自立と自尊」のための理性を、政治家が用いることができなくなっているからである。

領土に関する地政学的な視点から見れば、東ユーラシア大陸が膨張するとき、日本は危機に陥るといわれている。九〇年代のエリツィン時代のオルガルヒ（新興財閥）の無政府状態を、新たな国家主義によって秩序化したプーチン皇帝が〝脱欧入亜〟してきたことはあきらかである。中国の軍事的・経済的台頭はくりかえすまでもない。チベットでの民衆暴動は、中国の領土拡張と諸民族への圧政にたいする、チベット人のナショナリズムの当然の帰結である。「チベット文化の虐殺」といわれる、中国の同化政策は破綻を見せはじめたが、こうした情勢にたいして日本政府は明確な態度を示すべきである。そのような外交姿勢を示さないことこそ、まさに国家としてのモラリティの欠如である。

内村鑑三『デンマルク国の話』

現在の日本が二十世紀前半の帝国主義時代のような領土の拡大をめざすということはありえない。北方領土や竹島・尖閣諸島についてはロシアと中韓両国に確固たる主張をしていくべきなのはいうまでもないが、ではこの限られた「国土」にたいして、日本人はどのような考え方を持って対処すればいいのか。大都市とくに東京と地方との経済的格差がしきりにいわれているが、地域復興政策の問題を議論するときに必要なのは、個別の事柄とともにそれを包括する日本の新たな「国土」学の確立であろう。

ここでは、明治の国民国家の形成過程で、日清・日露戦争の後に、内村鑑三が語った「敗戦国における国土の復興」のメッセージに耳をかたむけてみたい。

内村鑑三は文久元年（一八六一）年に江戸に生まれ、明治十（一八七七）年に十六歳で北海道開拓のためにつられた札幌農学校に赴く。上州の没落士族の長男であった内村は、中央政府ではなく、北海道という近代国家日本にとって、辺境のまさに新たな「国土」の開拓というフロンティア精神に賭けることから、その人生を開始したのである。農学校の二期生であった内村鑑三は、同校でキリスト教の教育をなしたあのクラーク博士の教えを直接に受けてはいないが、同期の新渡戸稲造《にとべいなぞう》らとともに、クラークの感化でクリスチャンになった先輩たちの影響で、翌明治十一年にメソジスト派の宣教師より受洗してキリスト者としての歩みをはじめた。

その後のいわゆる無教会キリスト教の伝道者としての内村については、よく知られるところであるが、農学校を首席で卒業後に農商務省の役人として主に水産業に尽力し、明治二十七（一八九四）年には『地理学考』という世界の地理と日本国の位置をあきらかにした大著を書いている。

内村は、この『地理学考』で、「地理学と歴史とは舞台と戯曲との関係なり、地は人類という役者が歴史という戯曲を演ずる舞台なり」といい、今日の地政学といわれるものをふくんだ、世界史的な「国土」論をダイナミックに描いてみせた。むろん、そこには欧米列強の帝国主義および植民地政策の圧力を、全的に嵐のように受けて立たねばならぬ、「日本」の地理学上の位置と、日本人の国家的使命（内村はそれを「日本の天職」と呼んだ）をあきらかにすることでもあった。そして『地理学考』の最後で、西洋文明が西漸して来て、太平洋を渡って日本に到来したのは、アジアと西洋の各々の文明がこの国において相会し、ふたつの東西、米亜の文明が日本によって配合されることだという。日本の天職とは、つまり東と西の文明の合同であり、「二者の配合に因りて胚胎《はいたい》せし新文明は我より出て再び東西両洋に普からんとす」というのである。これは明治の日本人がいだいた、世界史的な地政学のヴィジョンであったろう。

このようなヴィジョンを示した内村は、しかしまた日露戦争後の日本社会の現実――国際的地位をえたことによって、また近代化による西洋物資文明の享受によって、日本人が傲慢になり、社会的にはモラルハザードが生じはじめた、そんな時期に、『デンマルク国の話』（明治四十四年十月の講演）を発表した。これは一八六四年にデンマークがプロシアとの戦争で敗北し、国土の豊かな領地を割譲せられたのち、ダルガスという父子がその宗教的信仰に拠《よ》って立ち、植林事業を興して荒地を沃野となして国を復興させた話である。限られた領土をいかに豊かな土地として改良していくか。敵国に領土が奪われたとき、再び戦力によってそれを取り戻すのではなく、内なる領土を開発して、自然の力を信じて、その「無限的生産力」をいかに引き出すのか。それは他ならぬ「国民の精神力」にひとえにかかっている、と内村は指摘するのである。

戦いは敗れ、国は削《けず》られ、国民の意気銷沈し、なにごとも手のつかざるとき、かかるときに国民の真の価値《ねうち》は判明するのであります。戦勝国の戦後の経営はどんなつまらない政治家にもできます……難しいのは戦敗国の戦後の経営であります……戦いに敗れて精神に敗れない民が真に偉大なる民であります。宗教といい、信仰といい、国運隆盛のときはなんの必要もないものであります。しかしながら国の幽暗《くらき》の臨みしときに精神の光が必要になるのであります。国の興《おこ》ると亡《ほろ》ぶるとはこのときに定まるのであります。

ここでいわれているのは、ただデンマークという他国の復興の美談ではなく、近代の国民国家をつくりつつあった日本民族への激励であり、警告でもあった。いや、キリスト者であった内村鑑三の、同胞への預言であったといってもいい。

『デンマルク国の話』の最後で、内村は戦争に勝って亡びた国は、歴史上決して少なくないといい、「牢固《ろうこ》たる精神ありて戦敗はかえって善き刺激となり不幸の民を興します」と記している。内村は、昭和五（一九三〇）年に亡くなっているが、彼の死の翌年には満州事変が勃発し、十五年後、日本は大東亜戦争に敗れて、亡国の淵に立たされるのである。

では戦後の復興で日本民族は、内村のいったような「牢固たる精神」で、国を再生させてきたのだろうか。「戦敗国の戦後の経営」を、この国の指導者はよくなしえてきたのだろうか。日本人は、「戦いに敗れて精神に敗れない民」であったのだろうか。

たしかに冷戦体制とアメリカ従属によって、日本は経済復興をとげた。昭和三十一年の「経済白書」が、「もはや戦後ではない」と宣言したのは、戦前の産業総合の生産指数の最高値をこえたからだ。さらに一九七〇年代以降、列島改造政策によって、日本の「国土」は新幹線と高速道路で縦横に結ばれ、経済至上主義のGDP大国として世界の注目をあびた。この物質と経済の繁栄と成長は、しかしほんとうに日本人が「戦いに敗れて精神に敗れない民」のあかしだったのか。平成の三十年間、そして今日あきらかなのは、戦後の繁栄が妄想であり、日本人の国民精神が、果てしもないメルトダウン（溶解）状態に陥っているる現実なのではないのか。

それは国民主義《ナショナリズム》の衰弱による、「国土」への愛郷心の欠落にあらわれている。「国破れて山河あり」。たしかに山河はあった。しかし、その祖国の山河を愛する心を、戦後の日本人は失ったのである。

内村が『デンマルク国の話』で、「国土」を、何よりも「天然」（彼は「自然」という言葉を用いず、つねに「天然」といった）の力を示すトポス（場所）として強調していたのを、改めて想い起こすのは大切であろう。

天然は無限的生産力を示します。富は太陽にもあります。島嶼《とうしょ》にもあります。小島の所有者かならずしも貧者ではありません。善くこれを開発すれば小島も能く大陸に勝さるの産を産するのであります。ゆえに国の小なるはけっして歎《なげ》くに足りません。これに対して国の大なるはけっして誇るに足りません。富は有利化されたエネルギー（力）であります。しかしてエネルギーは太陽の光線にもあります。海の波濤《なみ》にもあります。吹く風にもあります。噴火する火山にもあります。もしこれを利用するを得ますればこれらはみなことごとく富源であります。

この「有利化されたエネルギー（力）」を引き出し、実現化するのは、産業技術力だけではなく、自分たちの「国土」を愛し、それを守ろうとする「国民の精神」であろう。日本は、もちろん他国の領土や領海を侵すことはないし、すべきでもない。だが、自国の「領土」への自覚を失ったままであれば、早晩この国は七十四年前の敗戦よりも、さらに深い亡国の「幽暗《くらき》」に直面する他はないだろう。経済至上主義で荒廃させてきた「国土」を、その天然のエネルギー（力）を将来に向かって可能とするためにも、愛郷心とナショナリズムの回復——日本人の「牢固たる精神」が、荒廃の平成の三十年を経て、今こそ求められているのではないか。

第十二論　チベットと日本人

河口慧海『チベット旅行記』

チベットへ渡る

明治三十（一八九七）年六月、河口慧海《えかい》は大乗仏教の原典を求めて神戸港より出帆し、インド、ネパールを経て、明治三十三年七月四日にチベットの国境に至った。チベットは、当時他国人の入国を禁じる鎖国政策をとっていた。慧海は自らをシナの僧侶、あるいはチベット人であるといつわり、六、七千メートルの山々が連なる秘境の地へと想像を絶する困難な旅路の果てにようやく辿り着いたのである。

チベットにはじめて入った日本人僧がそこで見たものは、インドの聖なる河ガンジスの最初の水源であり、チベット人の信仰の象徴でもある雪に覆われた霊峰カイラスであった。あらい霰《あられ》が突如として空より降りしきり、天地をゆるがすような雷の電光のすさまじさに圧倒されながら、慧海はこの「偉大な霊場」に進み来たことに大きな喜びを感じた。未開の地、野蛮の国と思われていたチベットは、その壮大なる自然の扉を彼の前にひらいて見せたのである。ヤクにまたがり、さらに坂をこえて行くと、世界で一番高いところに位置するマナサルワ湖に到着した。チベット語でマバム・ユムツォーと呼ばれる、この湖のほとりからの風景を、彼は『チベット旅行記』（原題『西蔵旅行記』明治三十七年刊）で次のように記している。

その景色のすばらしさは、実に今眼に見るがごとく、豪壮雄大にして、清浄霊妙の有様が躍々として湖辺に現れている。池の形は八葉蓮華の花の開いたごとく、八咫《やた》の鏡のウネウネとウネっているがごとく、しかして、湖中の水は澄みかえって、空の碧々《へきへき》たる色と相映じ、全く浄玻璃《じょうはり》のごとき光を放っている。ソレから自分のいる処より西北の隅に当っては、マウント・カイラスの霊峰が巍然《ぎぜん》として碧空《へきくう》に聳え、その周囲には小さな雪峰が幾つも重なり重なって取り巻いているその有様は、五百羅漢がシャカムニ仏を囲み説法を聞いているような有様に見えている。なるほど天然の曼荼羅《まんだら》であるということは、その形によっても察せられた。そこへ着いた時の感懐は、飢餓、乾渇《かんかつ》の難、渡河瀕死《ひんし》の難、雪峰凍死の難、重荷負戴《おもにふたい》の難、漠野独行の難、身疲足疵《しんひそくひ》の難等の苦難も、スッパリとこの霊水に洗い去られて、清々として自分も忘れたような境涯に達したのです。

チベットに行くことを、「彼は死ににに行くのだ、馬鹿だ、突飛《とっぴ》だ、気狂いだ」と人々にいわれ嘲笑された河口慧海は、しかし不屈の信念をつらぬいて、この聖なる土地に来た感動を綴っている。『チベット旅行記』にはチベット人の風習や生活ぶりにたいする歯に衣を着せぬ批判も語っているが、ラサにおいて法王ダライ・ラマ十三世に謁見し、その医療の援助で名声も得た慧海は、鳥葬などの葬儀に驚きつつも、その自然風土に根ざした信仰のありさまを詳細かつ正確に紹介している。

『チベット旅行記』の初版の序に、河口慧海はこう書いている。

チベットは厳重なる鎖国なり。世人呼んで世界の秘密国という。その果して然《しか》るやいなやは容易に断ずるを得ざるも、天然の嶮《けん》に拠りて世界と隔絶し、別に一乾坤《けんこん》をなして自ら仏陀の国土、観音の浄土と誇称せるがごとき、見るべきの異彩あり。

チベットへの途上で、インドのブッダガヤの菩提樹の下で坐禅をくんだ慧海は、西洋列強の到来とともに国をひらき、ひたすら欧米化することで近代国家を形成しつつあった祖国日本との対比を、一人の仏教者として、そこに深く感じたことであろう。明治初頭の神仏分離による廃仏毀釈の嵐はすでに過ぎ去ってはいたが、近代化のために西洋文明を盲目的に受容する他はない日本が、「仏陀の国土、観音の浄土」といかに遠い無信仰の国になっているかを、改めて痛感させられたに違いない。そもそも二十四歳で得度をうけ、慧海《えかい》仁広《じんこう》という僧名をさずけられ住職となったものの、自らの宗門の腐敗を嘆き、翌年には僧籍を捨ててしまった慧海にしてみれば、文明開化を体験した視点からのチベット社会の〝未開〟と〝野蛮〟への困惑と批判は、そのまま近代国家としての「仏教国」日本への反省をふくんでいたとしても当然である。〝文明〟から見れば、〝未開〟としか見えない当時のチベットの風習や生活のなかに、世界史の流れからはずれて鎖国をしている「秘密国」のなかに、日本では見るかげもなくなった「仏陀の国土、観音の浄土」があるという発見こそ、『チベット旅行記』をつらぬく主調低音であったといってもいいだろう。

「未開」と「文明」

当時のチベット人の「汚穢なる習慣」について、慧海はいくつも語っているが、たとえば彼らは大便に行っても決して尻を拭わないし、牛が糞をしたように「打遣《うっちゃ》り放し」にしているなどと呆れている。それだけではなく、「彼らは元来生れてから身体を洗うということはないので、阿母《おっか》さんの腹の中から出て来たそのままであるのが、沢山あるのです。都会の人士はマサかそうでもないが、田舎に到るほど洗わぬのを自慢としている。（中略）生れてから身体を洗わないという理由は、どうかといいますと、洗うと自分の福徳が落ちるというのです」ともいっている。山岳地方の僧侶も多くはこうした奇習のなかで生活しており、慧海は正直に嫌悪感を表わしている。しかし、また次のようにも記す。

だが嫌なこともある代りに、まだ天然の景色は格別心を慰めたのです。（中略）チベット暦の正月前のことでしたが、家の人達は正月が来るからというので忙しくしているけれども、私は窓に経机を置き、お経を読みながら外を眺めると雪が降っております。その少し隔った処には、柳の樹に雪が積って、実に綺麗なナヨナヨとした姿を現している。それればかりではなく、モウ一層美しさを添えるチベットの名物ともいうべき鶴が、その雪の間をあちこちとさも愉快そうに散歩をしている。

当惑せざるをえない生活習慣のなかで、慧海はチベットの民衆のなかにしだいに深く入っていった。チベットに仏教が紀元二三三年に伝来する以前には、ボン教といわれるシャーマニズム的な原始宗教があり、これは西トルキスタンやモンゴルなどの中央アジアにも広がる、まさに自然に神が宿るという汎神論的な信仰であった。チベット仏教はその本来性において慈悲と寛容を持っており、古来からの生活のなかで育まれてきた土着信仰をも取りこんでいったのはむしろ当然の成りゆきであったろう。

チベットの農民は、霰《あられ》が降ることを昔から恐れており、とくに夏の間に霰が降ると収穫の小麦などに大被害があるため、降霰をふせぐ修験者の儀式が昔からおこなわれていた。慧海はこのような土着的、神話的な信仰にも深い関心を寄せている。そして、こうした祈禱やまじないが、チベットの大自然のなかから生まれてきたものであることを理解している。

時に悠然として山雲が起って来ますと大変です。修験者は威儀を繕い、儼乎《げんこ》たる態度をもって巌端《いわはな》に屹立《きつりつ》します。デ真言を唱えつつ数珠《じゅず》を采配のごとく振り回して、ソウして向うから出てくる山雲を、退散せしむる状をなして大いにその雲と戦う。けれども雲の軍勢が鬱然《うつぜん》と勃起し、時に迅雷轟々《じんらいごうごう》として山岳を震動し、電光閃々《せんせん》として凄まじい光を放ち、霰丸簇々《さんがんそうそう》として矢を射るがごとく降ってまいりますと、修験者は必死となり、今や最期と防戦に従事する。

天と地の間に屹立する修験者の荒々しい雄姿が、このように講談調で物語られているところも『チベット旅行記』という本の醍醐味であり、面白さである。

また一方では、ダライ・ラマ法王に拝謁して、その相貌からこんな鋭い観察もしているのである。

法王は、宗教的思想よりむしろ政略的思想に富んでいる。もちろん、そのお育ちは宗教的のみで育てられたんですから、仏教に対する信仰も厚く、充分仏教を自分の国に拡張普及して、僧侶の腐敗を一洗しようというお考えは充分あるようでございます。けれどもソレよりは政略的な考え方が非常に多い。しかして、最も怖れているのは英国であって、その英国を禦《ふせ》ぐにはドウしたらよいか、英国がこのチベットを取ろうという考えを持っている。その鋒先《ほこさき》は、ドウいうふうに禦いだらよかろうかということを、始終考えておられるようです。

チベットにおける法王の宗教的権威が政治力にも結びついていることを、慧海は直観的に見抜いている。そもそも慧海がシナ人の僧侶としてチベットに入ったのも、日英同盟が明治三十五（一九〇二）年に結ばれる国際情勢のなかで、大陸侵攻を企てる英国のスパイとして疑われるのを危惧したからである。案の定、やがて慧海が日本人であることが発覚し、チベット入りして三年目に脱出を企てねばならなくなるのである。

河口慧海は明治三十六年五月、ボンベイから日本へと帰還するが、『チベット旅行記』を刊行してただちに翌明治三十七年の十月には、休む間もなくふたたび二回目のインド、ネパール、チベットへの旅に出発している。これは大正四（一九一五）年九月にかけての、一回目をさらに上まわる大旅行となった。日露戦争の年に彼があえて再出発をしたのは、英国軍の侵略を受けて、チベットにある仏典が失われる恐れがあったからだといわれている。

この旅で慧海はインドに長く滞在してサンスクリット語を学ぶが、そこで英国との交渉に来ていたパンチェン・ラマとも会見することができた。日本人の仏教徒として、河口慧海は仏典の収集という目的を通して、チベットの仏教と文化伝統を世界に広く知らしめたのである。この一人の僧侶の大胆な冒険は、明治維新以降に「脱亜入欧」の近代化の路線をひた走り、また戦後はアメリカニズムという物質文明を享受することに奔走してきた日本人に、今一度この「近代百年」とは何であったのか、そもそも「近代文明とは如何なるものであったのか」という、根底的な問いを投げかけずにはおかないのである。

物質文明への疑い

二〇〇八年の三月、チベット自治区ラサで起った民衆蜂起は、半世紀にも及ぶ中華人民共和国の圧政と弾圧に苦しんできたチベット人の絶望的な叫びのあらわれであった。「自治」とは名ばかりで、現実にはそれは「占領」であり、一九五九年にチベットを侵略して以来、紆余曲折はあったにせよ、中国政府はその中華思想のイデオロギーによって、チベットの信仰と文化を「虐殺」してきたのである。

その後もチベット問題は、欧米世界においても「人権」問題として注目され、中国政府にたいする世界的な批難が起った。しかし、日本人にとっては、「人権」問題もさることながら、チベット人の蜂起は、民族自決の価値を忘却し、真の意味での「信教の自由」を蔑ろにしてきた自分たちの精神的なだらしなさを、むしろ気づかせてくれたといってよい。世界にさきがけて『チベット旅行記』を著わした仏教国であったはずの日本は、その国を蹂躙《じゅうりん》してきた、現にそうしている中国の主席を大歓迎してむかえたのである。百年余り前に、生命がけでチベットに潜入し、ダライ・ラマ十三世に拝謁した河口慧海を生んだこの国の政治家は、インドに亡命しチベット民族の「高度な自治」を世界に向かって主張し続けるダライ・ラマ十四世が、日本に立ち寄ったときに会うこともしなかった。

ダライ・ラマ十四世は、チベットが「独立」ではなく、中国に対して「高度な自治」を求めているといっているが、これは中国の圧倒的な軍事力と米中接近の現実を前にしての亡命政権の立場としての発言であり、また法王の仏教思想に根づく「非暴力」の表明であろう。しかし、この法王の思想と理想の前に立ちはだかっているのは、中国ばかりではなく、二十一世紀に入って顕著になっている資源ナショナリズムを背景にした新たな国家主義の台頭という、困難な現実なのである。

『チベット旅行記』は、一世紀前の鎖国状態にあったチベットの〝未開〟ぶりを、さまざまな奇習や野蛮として物語っているが、河口慧海がその根本に見ていたものは、「文明開化」が真に人間に幸福をもたらすのか、そこに仏教の活きた信仰の力はあるのかという、いわば物質文明にたいする懐疑でもあった。

それは今日、ダライ・ラマ十四世が世界に向かって語りかけている問題でもある。一九八九年十二月、ノルウェー、オスロ大学におけるノーベル平和賞受賞記念講演で、法王はこう語っている。

物質的な進歩は、もちろん人類の向上の為には重要なことです。チベットでは、科学技術や経済的発展の為に余りにも注意を払いなさ過ぎました。これが大きな間違いであったことを私達は認めています。同様に、精神的な向上の伴わない物質的発展も重大な問題を引き起こします。余りにも外的なことのみに注意が向けられ過ぎて、内的な向上にはほとんど関心が払われていない国もあるようです。私は、両方が共に重要であり、両者の講和を図る為にも両々相まって発展すべきであると思います。(中略）内的な平和がなければ、どんなに物質的に恵まれていても、環境に左右され、うろたえ脅えて、不幸せになります。

ペマ・ギャルポ『チベット入門』日中出版、平成十年現在の中国が経済・軍事大国として台頭し、覇権主義をあらわにする、「内的な向上にはほとんど関心が払われていない国」であるのはあきらかだが、戦後に「平和国家ニッポン」あるいは「文化国ニッポン」として経済発展を遂げてきた日本が、「内的な平和」の充実を得ているかといえば、その現実はまことに空虚という他はないだろう。

河口慧海は、『チベット旅行記』の最後でボンベイから船に乗って帰国し、香港《ホンコン》を離れ日本に近づいて来たときの気持ちを、こう語っている。――だんだん日本に近づくにしたがって、私は故郷に帰るのが恥しくなった。チベットで仏教修行を遂げ、少くとも大菩薩になって戻って来たいと決心していたが、もとの凡夫のまま帰るからである。しかし、そうならば日本に帰るのも、ヒマラヤの山で修行しているつもりで帰ればよい。「日本の社会の中には、ヒマラヤ山中にいる悪神よりも恐ろしい悪魔がいるかもしれない。またその陥穽《おとしあな》は雪山の谷間よりも酷《ひど》いものがあるであろうけれども、ソウいう修羅《しゅら》の巷《ちまた》へ仏法修行に行くと思えばよいと、決心いたしました」。

すでに記したように、慧海は、「文明開化」の思想によって西洋の物質文明に追いつこうと躍起となって、まさに「修羅の巷」となっている祖国に、一年足らずしかおらず、ふたたびチベットへと遥かな旅に出発したのだった。慧海が感じた「恐ろしい悪魔」は、今日グローバリズムといわれるように、この地球全体に拡がっている。その意味でも、『チベット旅行記』はきわめてアクチュアルな、今日の世界を深く考えさせる精神の冒険談なのである。

第十三論　「先住民族」という幻想

武田泰淳『森と湖のまつり』

先住民族決議

平成二十（二〇〇八）年の六月六日、衆参両議院はそれぞれ「アイヌ民族を先住民族とすることを求める決議」を採択した。これは国連で決議された「国連先住民族権利宣言」に沿って、アイヌの人びとが個有の言語・文化・宗教をもつ「先住民族」であることを認める、ということである。当時の中山国交相が「単一民族」という言葉を口にした直後、これを「問題発言」として、「北海道ウタリ協会」の理事長が急きょ北海道からやって来て抗議したのも、この国会での決議があったからであり、これによってわが国では公の発言として「単一民族」という言葉を使うこと自体が、一種のタブーと化してしまった。

アイヌ民族がエゾ地といわれた時代から、「和人」によって差別や搾取を受けてきたことは、いろいろ指摘されており、松前藩時代にシャクシャインの乱（一六六九年）といったアイヌの人びとの民族蜂起があったのも歴史的事実である。また国際社会が民族差別の問題に目を向けるのも、中国におけるチベット問題（これは差別どころか侵略・虐殺であるが）ひとつを取っても当然のことであろう。

しかし、明治以降に近代国民国家を形成した日本は、中国のように十三億の人口の九〇%を占める漢民族が五十五の諸民族を支配するような「多民族国家」でもなければ、アメリカ合衆国のような「人種の坩堝《るつぼ》」でもない。まして、アメリカにおける先住民族インディアンや、オーストラリアのアボリジニにたいするような民族虐殺を「和人」がおこなってきたわけでもない。アイヌにたいする差別を認めることと、「先住民族」決議との間には、政治的な〝飛躍〟があるとしかいいようがない。また、「アイヌ民族がひどい迫害をうけていた」という現実を、明治三十二（一八九九）年に制定された「北海道旧土人保護法」を例にして（「土人」という言葉が使われているという先入観もあるが）、ことさら日本政府の〝差別〟政策の原点のようにあげつらうのも、やはり誤解（曲解）である。

先住民族説に関していえば、やはり「北海道ウタリ協会」の理事長でもあった野村義一氏が、「九州、島根県、鳥取県、石川県の能登半島、東北にアイヌの名前のついた地名が多いということ」や、沖縄や九州（鹿児島）には「アイヌに似たような顔の人がいっぱいいる」ことなどを例に出して、「アイヌ民族は北海道にだけ住みついた民族ではなく、日本列島の先住民族はアイヌ民族であった、これが結論です」と主張している（「アイヌの足跡」『北海道と少数民族』所収、札幌学院大学人文学部学会、一九八六年）。アイヌ＝日本先住民族説である。北海道だけでなく日本の「先住民族」となれば、先の国会決議も別な意味を持つだろう。こうなると文字通り諸説紛々の議論となる。

いずれにしても、「先住民族」決議は、アイヌの差別問題をこえて色々におかしなところがあるが、私はそれ以上に、「単一民族」と発言しただけで〝言葉狩り〟的になっている日本の政治状況とマスコミの風潮こそ、むしろ問題であると思う。そこに作用しているのは、その国や民族・地域の個別性や特殊性、歴史的経緯を無視した、政治的に作られた〝対立図式〟のイデオロギーであろう。アイヌ決議における和人対アイヌ、沖縄の集団自決問題などでのヤマトンチュ対ウチナンチュといった図式である。ここには、あきらかに意図的な言論操作がある。そして、異論や自由な言論を排除しタブー視するこの風潮こそ、戦後の「閉ざされた言語空間」の所産なのではないか。江藤淳は、占領下におけるＧＨＱの検閲にその淵源をさぐり、具体的かつ実証的にこれを検証してみせたが、この「閉ざされた言語空間」は、「戦争」という時代の実感がすでにはるかな過去になった現在においても、いや、むしろ平成の時代のほうが、色濃く日本の言論を呪縛していったように思われるのである。

対立図式の虚偽を暴く

たとえば、今から六十年以上も前に書かれたアイヌの民族解放問題をテーマにした長編小説を読むとき、現在の「アイヌ問題」の語り口のきわめて不自由な政治的呪縛をひしひしと感じる。

その小説とは、戦後文学の代表的作家であった武田泰淳の『森と湖のまつり』である。昭和三十（一九五五）年八月から三十三年五月まで、二年十カ月にわたって連載されたこの作品は、四十代半ばの作家の成熟期に書かれた長大なものであり、武田泰淳らしいダイナミックで重層的な内容となっている。中国文学の研究者として名著『司馬遷――史記の世界』（昭和十八年）を著わし、上海で敗戦をむかえた武田は、人間と世界を総合的に捉える、まさに戦後文学の「全体小説」の代表たる小説家であった。浄土宗の寺で出家得度し泰淳を名乗った武田は、日本の文学においてはきわめて稀な巨視点な文学者であり、ヒューマニズムとニヒリズムをあわせ持った作家として、戦後の文壇に登場した。昭和二十三年に発表した「滅亡について」と題されたエッセイでは、彼の半生と中国での戦争・敗戦体験から生み出された、次のような苛烈な世界認識が述べられている。

滅亡は私たちだけの運命ではない。生存するすべてのものにある。世界の国々はかつて滅亡した。世界の人種もかつて滅亡した。これら、多くの国々を滅亡させた国々、多くの人権を滅亡させた人種も、やがては滅亡するであろう。滅亡は決して咏嘆すべき個人的悲惨事ではない。もっと物理的な、もっと世界の空間法則にしたがった正確な事実である。

武田は、日本的な諸行無常のあわれとは一線を画した、こうした「滅亡」を「生成」と視るような度量を持った作家であった。世界のなかで「数十個の民族が争い、消滅しあうのは、世界にとっては、血液の循環をよくするための内臓運動にすぎない」とも語ってみせた。この武田が、アイヌ民族の問題に注目したのは、ひとつには敗戦後の昭和二十一年秋から翌年春にかけて北海道大学で教鞭をとったときに、アイヌ研究者と接し、「和人《シャモ》」と「アイヌ」の現実に関心を抱いたからであったが、彼はアイヌ民族を通して、民族の同化と滅亡のテーマに深い思いを寄せたからであったろう。

『森と湖のまつり』は、アイヌの風景と人びとを描こうとして東京からきた佐伯雪子という女性画家、アイヌ研究者でその文化の保存に献身し、アイヌ統一委員会の代表として同化政策に抵抗する和人の池博士、そして松前藩に与《くみ》してアイヌを裏切った国後《くなしり》の首長の子孫であり、和人の血も引きながら、アイヌを代表して民族の自立と解放の過激な行動をする風森一太郎という青年らが、それぞれの情熱と思惑を展開させる。和人として、外側からアイヌを芸術家的に見ようとしていた雪子が、池博士が二十代で結婚し裏切られるようにして別れた美人アイヌ女性の鶴子や、その野性の行動力と欲望によって彼女を魅惑し蹂躙する一太郎らとの関わりのなかで、しだいに「和人」と「アイヌ」という対立構造の狭間に転落し、身を汚し、傷つきながら、その対立を乗りこえていこうとするところが物語の中心を貫いている。

しかし、各登場人物はそれぞれ複雑に絡み合う。アイヌの出自を隠して経済的同化によって出世した老網元や、コタン（部落）で極貧の生活をする老婆や、キリスト信徒となった一太郎の姉ミツなど、武田泰淳ならではの肉感的な人間像が、実にリアルに描き出される。したがって、アイヌの民族解放や差別問題は、善意と悪意の交錯、欺瞞《ぎまん》と誠実の逆転、自由と桎梏《しっこく》の表裏のなかで、多層的に「問題」化される。アイヌに献身し愛情を注ぐ池博士は、シャモ（和人）に同化し融合したほうが、アイヌ自身にとってはいいのであり、和人であるあんたらも歴史を遡れば民族的融合を果してきたのではないか、と同化したアイヌに難詰される。

　俺がシャモの巡査になり、一太郎がアイヌ統一委員会をやる。一太郎は一年に一回、俺を殴りにくる。（中略）一太郎の先生の、あのイケという奴は何者なんだべ。奴の祖先は早えところ、妥協しちまった人間だべ。早いところ妥協しちまって、融け合わさってる人間がよ。昔ながらに妥協もできねえでもっさりしてる人間に向かって、アイヌ統一だの独立だなんてぬかしてて、いいもんだべか。俺の今やってること、池の祖先が千年も二千年も前にやったことじゃねえのか。その俺をだ。イケのお先棒をかついでいる一太郎が、敵だとか裏切り者だとかぬかすのは、話がちがうんでねえかと、俺は言いたいよ。

　作者は、もちろん民族的な同化や融合をただ肯定しているのではないが、滅びゆくアイヌのアイデンティティと文化を、他者（和人）の側が善悪を持って救済しようとすること自体のうちに、隠された「差別」があり、当事者の苦悩の来歴にそもそも他者が介入しうるのか、という根本的問いかけをする。ここには中国の文学を誰よりも愛し研究した若き武田泰淳が、自らの軍靴で蹂躙し、加虐者として振るまい、さらに敗戦によって瞬時に一転して支配者から被支配へと転落した、その生身の経験がもたらした深い洞察がある。それは「戦争によってある国が滅亡し消滅するのは、世界という生物の肉体のちょっとした消化作用であり、月経現象であり、あくびでさえある」(『滅亡について』平成四年)と書いた作家にして、はじめて獲得された徹底した相対主義の視座である。

しかし、その相対主義は決してスタティックな「あれも、これも」といった弁証法ではなく、あらゆる作られた対立図式の根底にまで降りて行くことによって、その図式の虚偽を暴き出すエネルギーとして噴出する。差別する者と差別される者、加害者と被害者、支配者と被支配は、歴史のスパンのなかでつねに交替しつつ、巨大な混沌《カオス》を生み出す。武田泰淳が『森と湖のまつり』で描き出したのは、この国家と民族を巻き込む歴史の渦であり、そこに流されながら、なお人間としての自立と尊厳を、無力のなかで叫ばずにはいられないアイヌ(人)そのものの勇敢さであった。

「国家」と「民族」の相克

『森と湖のまつり』は、池博士が親子二代で自宅に集めたアイヌの民俗コレクション、滅びゆく民族の宝物の山が、その家とともに焼けて灰燼《かいじん》に帰し、外側からしかアイヌを描けないという芸術家的な悩みのなかにあった雪子が、風森一太郎の子どもを身ごもっているという結末へと急転直下する。

登場人物の一人が雪子に語る、次のような言葉は、アイヌの運命だけでなく、利害と矜持の対立する現実のなかで、人とその民が、何に直面するかという重い課題を示しているように思われる。

（前略）森の祭でも、湖の祭でも、本来は住民ぜんたいが、そろってやるものさ、な。部落だろうと、市街地だろうと、ほんとは、そうやるもんだろ。だけどな。一体、ほんとというのは何が全くのところ、ほんとなんだい。部落ぜんたいとか、住民ぜんたいとか言ったって、第一、そういう『全体』がなくなっちまったんだ。（中略）ありゃしない。日本ぜんたい、トウロ（塘路）ぜんたい。そんなものありゃしない。てんでバラバラさ。だから、『アイヌ全体』だなんてもんが、あるわけないだろ。池や、一太郎はこれがほんとのアイヌ、ほんとの祭だなんて、勝手にきめてるさ。（中略）そもそも、お前さん、全体が無くなっちまってる所で、全体のお祭も全体の代表も、あったもんじゃないよ、な。

「まつり」とはひとつの共同体、文化や信仰を共有し持続してきた民の象徴的行為であり、表現である。観光化したところでの「祭」は残っても、その「ほんと」の意味での祝祭空間はすでに消滅している。昭和三十年代の時点で、武田泰淳は北海道のアイヌの現実をそうとらえていたといってよい。この作品を書くにあたって、作者はアイヌ文化研究者にも直接会い、道内の各地を案内してもらい、熊の頭蓋骨を「送る」祭儀を見物したり、アイヌの家庭の内部へも入ることができたという。名作『ひかりごけ』（昭和二十九年）もこの取材から生まれたが、作家は外部からの観察者として、アイヌの民の「ほんと」の姿とは何かをたずねて懊悩したのではなかったか。それは、しかし和人に同化することで「全体」を失いつつあるアイヌ民族の悲哀だけではなく、まさに「日本ぜんたい」が百年の近代化（物質的文明化）によって、その文化的共同体の伝統を完全に喪失してしまっていることに改めて直面する、その懊悩《おうのう》でもあったのではないか。それは近代化によって形成された「国民国家」と、多様性のなかに、それぞれの自決を文化的アイデンティティとしなければ存続しえない「民族」との乖離と相克である。作家は、その酷薄な現実をこそ、アイヌのなかに見た。それはまた伝統的共同体の精神を失い漂流する、今日のグローバルな世界に生きる「民族」の姿にも重なるのである。

第十四論　国家論の不在と文学

中野重治『五勺の酒』

三党連立

平成の時代ほど政治が混乱し陳腐化した時代はなかったように思う。憂国の政治家がいない。いや、憂国という言葉もこの三十年で消えてしまった。名利に超然とし、百万人といえども我一人行かん、という覚悟を持った指導者が消えた。

政局と利権。そればかりが政治家の関心事になって久しい。国家のヴィジョンを語ることをやめたとき、政治はリアルポリティックスという名の技術論に陥り、腐敗しはじめる。

平成日本の政治史をたどれば、平成六（一九九四）年六月三十日の村山富市内閣の成立こそ、民主主義政治の腐敗がピークに達したときであった。細川政権以来、野党の座にすべり落ちた自民党は、二百一議席の自民党に七十二議席の社会党を組み合わせ、さきがけという党を加えた三党連立をでっちあげた。「自社さ」政権である。これは社会党の事実上の解体であると見られたが、むしろ自民党が戦後レジーム（体制）を容認し、憲法改正などの結党以来の目標を手放したことに他ならなかった。

翌平成七年には、一月に阪神大震災が起り、三月にオウム真理教の無差別テロ、地下鉄サリン事件が起った。村山連立内閣は、この国の非常事態にたいして迅速で有効な対策を何ひとつ打ち出せなかった。国民の「生命と財産」を守るという政治の責任は、政権維持にしか注意を向けられぬ政治屋たちによって放擲《ほうてき》された。さらに、村山内閣は戦後五十周年をむかえて、先の大戦で日本がアジアなどの近隣諸国を侵略したことを「お詫び」をするという東京裁判史観を固定化するような歴史への政治的侵害をなした。国会決議はされなかったものの、この「村山談話」なる歴史的謝罪は、今日に至るまで日本の政治を呪縛している。

東京裁判でただ一人、日本無罪論を主張したインド代表のラダ・ビノード・パールは、昭和二十七（一九五二）年十一月、日本の講和独立の後に、「日本の子弟が（東京裁判によって）歪められた罪悪感を背負い、卑屈、頽廃に流れるのを見逃すことはできない」と語ったが、戦後五十年目にして、日本の首相自らがこの「歪められた罪悪感」を歴史に定着させようとしたのである。これを国民の自信を奪い、民族の誇りを傷つける、売国政治家の所業といわずに何というべきだろう。それはたんに村山富市という当時七十一歳の政治家の個人的な歴史観ではすまされない。むしろ、戦後の保守政治を荷ってきた自民党が、立党の理念を捨てて、社会党的な戦後イデオロギーにすり寄ることで、政権政党としての延命を図ったからである。自民党政治はこの延命装置によって、以後、戦後レジームを増幅させてきたといってもいい。

平成十四（二〇〇二）年に急逝した政治学者の坂本多加雄は、二十一世紀に入ってすぐに、日本が新たな「国家論」を必要としていることを力説した。「グローバル化が進み、国境を超えたボーダレスな物や金が動き、国民国家の時代はもう終りつつある、などというのは全く幻想だ」といったのである。そして、日本は「古代の時代、それから明治維新に続く第三の、対外的な意味での国家の形成期を迎えているのではないかと考えている」（「「政策」の前に「国家」を再考すべき」『坂本多加雄選集２』平成十七年）とはっきりと説いた。これは平成十三年三月の衆議院憲法調査会の報告であったが、この言葉に真剣に耳を傾けた政治家はどれほどいたのだろうか。

しかし、グローバルな金融経済の破綻、そして各国の資源の争奪戦の時代に突入し、世界はまさに新たな国家主義の時代となっている。冷戦構造が崩壊した後も、アメリカに従属していればなんとかなるといった戦後政治の発想はもはや通用しなくなった。世界はアメリカの一極支配の終りに直面し、パクス・アメリカーナ後に向かって雪崩をうっている。日本は今まさに、真に自立した国家を形成するまたとない機会をむかえているのだ。しかし、平成の三十年余り、日本人は冷戦構造の思考から一歩も出ようとはせず、今日に至った。

「岩倉使節団」の気品と誇り

明治四（一八七一）年、維新を実現して間もない政府は驚くべき冒険をする。岩倉具視、木戸孝允、大久保利通という指導者たちが揃って、米欧十二カ国、一年九カ月にも及ぶ視察の旅に出かけたのだ。今日これは「岩倉使節団」と呼ばれ、佐賀藩出身の久米邦武はこの大使節団の詳細な記録を『米欧回覧実記』（明治十一年刊）としてまとめた。これを読むと当時の日本の指導者たちの気概と誇り高い精神がよく伝わってくる。二百数十年の鎖国の夢を、欧米列強の襲来によって破られた日本は、アジアの他の諸国のように植民地支配を受けるか、それとも自立した新しい国家を築いて西洋の強国と肩を並べるか、その運命の岐路に立たされていた。

太平洋を渡り最初に上陸したサンフランシスコで、使節団一行は大歓迎を受けるが、そこで三十一歳の伊藤博文は英語でスピーチをおこなった。それは新生日本の誕生を、西洋人に知らしめる最初の日本人の演説であった。

わが日本は、一発の弾丸も使わず、一滴の血も流さず、数百年来堅持されてきた封建制度を撤廃し、近代的統一国家を造りあげました。そしていまや日本は西洋の文明を日ごとに取り入れ、急速に変化しています。日本の国旗にある赤い丸は、これまでのように国を閉ざす封緘《ふうかん》を意味するのではなく、西洋文明の中央に向けて昇る太陽を意味するのであります。

このスピーチは「日の丸演説」として喝采を浴び、米国だけでなく他の西洋諸国にまで反響を呼んだ。いわば日本外交の世界史の舞台へのデビューであった。明治政府が推し進めた「文明開化」が正しかったかどうか、この使節団に参加しなかった維新の雄である西郷隆盛は、後に明治十年の西南の役でそのことを生命を賭して問うたが、いずれにしてもこの使節団（目的のひとつには不平等条約改正問題があった）は、近代日本の礎を築いた政治指導者たちの気品と勇気、そして言葉の力を示してあまりあるものであった。それは伊藤博文の〝英語力〟の問題などではない（英語に堪能といわれた宮沢喜一の対米属従の破廉恥さはどうだ）。使節団一行の仲間からは、伊藤の「日の丸演説」は少々やりすぎ、おおげさではないかなどと揶揄されたらしいが、外交の言葉とはおよそ誇張と裏表があるものだ。いずれにせよ、言葉の力とは、ただのレトリック、修辞ではなく、語る者のなかに噴き出すような気迫があるかどうかだ。そして、一国の政治家にとって、その気迫とはナショナリズムに他ならない。

大久保や伊藤のように欧化を進めた政治家も、それに疑義を唱えた西郷にも、ともに確たるナショナリズムがあった。幕末維新の言葉でいえば、それは「攘夷《じょうい》」である。外敵（夷狄《いてき》）を追いはらうという幕末の排外主義は、しばしば盲目的なナショナリズムの熱狂であり、異国人に刃を向ける野蛮な行為と見られがちだが、そうではない。

江戸時代の末期、日本の文化水準は高く外国の情報についてもかなり通じており、日本と西洋列強との力の比較も十分になしえていた。そのうえで、自国の文化と伝統をいかに守るか、という意識が「攘夷」思想を生んだのである。それは外圧にたいする、日本人の伝統意識にもとづく内発的な力であり、民族の矜持であった。西洋型の近代国家の骨格はいまだなかったが、当時の日本人には、とくに政治指導者には、「国家論」や「国家学」がりっぱにあったというべきだろう。「国家の形成期」においては、まさに為政者のナシヨナリズムこそが、その形成力の源泉となる。
幕末でいえば、たとえば水戸藩の藤田東湖は、薩摩の海江田信義にこう語って聞かせたという。

（前略）さきに僅に二隻の軍艦を怖れ、かえって醜虜の軽侮を受け、かつて一人の義士もなく、また一人の勇者もなく、恬《てん》として国辱を顧みず、これをわが神州の人士なお正気を存すというべきか、余は浩歎《こうたん》に耐えざるなり。いやしくも他の軽侮せられ、この国を開くがごときは、一国の正気、この時をもって断滅し去れるなり。なんど久しく国を保つを得んや。例えば、我始めて子に面するにあたって、まず子の面に唾して、今より子と交わらんといわば、子もし白痴にあらずんば、かならず怒りて我を殺さん、それしかり。しかれば国と国との交通を開くも、またまさにこの情理なかるべからず。

大佛次郎『天皇の世紀』より

藤田東湖はペリー来航によって開国し、不平等な条約を結んだ幕府の姿勢を、このように烈しく批難した。「正気」とは、「せいき」と読むべきであり、黒船渡来という外圧にたいして、指導者は「一国の正気《せいき》」を示すべし、との国家学である。もちろん、攘夷を無理矢理に武力によってやろうとすれば、中国のアヘン戦争と同じ結果となったろうが、大切なことは「開国」と「近代化」は、このような日本人の民族的な熱情《パトス》を前提としてなされたことである。明治の政治家たちは、あの岩倉使節団の一行たちもまた、あきらかにこの「正気《せいき》」を学んでいたといっていい。それはあの大東亜戦争まで、日本人の魂のひとつの底流となっていく。

あるいは、敗戦と占領によって、この「正気《せいき》」は「断滅し去」ったのかも知れない。しかし、一九七〇年代までは戦前・戦中の体験を持つ政治家たちによって、それはかろうじて保たれていた。いや占領下においてこそ、むしろ日本人は敗北の痛手のなかで、民族の「正気《せいき》」を保持しようとしたのではなかったか。

『五句の酒』の衝撃

戦前の日本において、ナショナリズムはかならずしも保守政治家だけが拠って立つべきものではなかった。昭和の前期に、日本ではプロレタリア文学が隆盛になり、世界大恐慌の昭和四（一九二九）年には小林多喜二の『蟹工船』が刊行されている。マルクスの『資本論』の翻訳が出たのは大正十二（一九二三）年であるが、日本においてマルクス主義はたんに社会変革の思想としてだけではなく、明治以来の日本の近代化、文明開化の論理（それによって形成された資本主義体制）への批判と結びついた。それは左翼の立場からのナショナリズムの熱情《パトス》であった。

プロレタリア文学の代表的作家であり、昭和九年に転向を表明したが、戦後は日本共産党の参院議員も務めた中野重治は、左翼思想に立ったナショナリストであった。昭和六年、第一詩集『中野重治詩集』は発売禁止となり押収され、翌年に中野はプロレタリア文化連盟（コップ）の同志とともに逮捕され、二年間の獄中生活を送るが、その『詩集』には、この作家の心理をあらわす一篇の詩が載っていた。それは「豪傑」と題されている。

むかし豪傑というものがいた
彼は書物をよみ

嘘をつかず
みなりを気にせず
わざをみがくために飯を食わなかった
うしろ指をさされると腹を切った
恥かしい心が生じると腹を切った
かいしゃくは友達にしてもらった
彼は銭をためるかわりにためなかった
つらいというかわりに敵を殺した
恩を感じると胸のなかにたたんでおいて
あとでその人のために敵を殺した
いくらでも殺した
それからおのれも死んだ
生きのびたものはみな白髪《しらが》になった
白髪はまっ白であった
しわがふかく眉毛がながく

そして声がまだ遠くまで聞えた
彼は心を鍛えるために自分の心臓をふいごにした
そして種族の重いひき臼《うす》をしずかにまわした
重いひき臼をしずかにまわし
そしてやがて死んだ
そして人は　死んだ豪傑を天の星から見わけることができなかった。

この〝豪傑〟からは政治思想の立場をこえて、まさに「正気《せいき》」を学んだひとつの人物像が浮かびあがる。それは詩人が追い求めたプロレタリアートのための革命家であったかも知れない。あるいは、文明開化と西洋化によって日本人の魂と倫理が根こそぎにされていくことに憤り、明治政府や大久保たちに「拙者の儀、今般政府に対して尋問の廉《かど》これあり」といい、薩摩士族とともに決起し死んだ西郷隆盛のような人物であったのかも知れない。いや、日本人としてプロレタリア革命運動に身を投じようとした、中野重治自身の理想であったのかも知れない。

この中野重治が、昭和二十二（一九四七）年一月、戦後初に発表した『五勺《しゃく》の酒』という短編小説は、地方の旧制中学の校長が、わずかな酒（憲法特配の酒）を飲んで、敗戦後の荒廃した世相と欺瞞にみちた占領体制の政治に忿まんをぶちあげるというものである。とりわけ興味深いのは、日本国憲法公布の式典のようすを描いた場面である。

校長は新聞で十万人とも報道された、その式典へ足を運ぶ。新しい憲法が発布され、古い日本は否定され、自由と民主主義のかがやかしい国に生まれ変わるという、その記念の日。

しかし、その場所で、校長が見たのは、次のような光景であった。

新聞には十万とあったが、記事そのままで嘘はなかった。僕はおのぼりだからリックをかついでうしろにいた。天皇が来て、帽子をとらぬものがあったが、僕はとった。天皇が台にのぼって帽子をとった。万歳がおこった。仕掛け鳩が飛んだ。天皇はかえって行った。僕の時計で出てきたのが三時三十五分、おかえりになったのが三十六分、正味一分で、すべてが終った。（中略）散ってゆく十万人、その姿、足なみ、連れとする会話、僕の耳のかぎりだれ一人憲法のケンの字も口にしてはいなかった。あらゆることがあってそれがなかった。

これが昭和二十一（一九四六）年十一月三日、日本国憲法が公布されたときの情景であり、その瞬間の日本国民の偽わらざる姿であった。作家は左翼のいうところの「天皇制ファシズム」の下で弾圧されてきたが、占領下にアメリカ指導のもとで即席に作られた憲法を許容する「恥さらしの自国政府」への怒りを赤裸々に表明している。新生日本の幕開きともいわれた、憲法発布がいかにリアリティのないものであるかを、自らの眼でたしかめ、それを鮮明に描いている。ここにはどのような歴史資料よりも生なましく、日本人が七十年間保持してきた「平和憲法」なるものの正体が暴露されている。

あれ（憲法）が議会に出た朝、それとも前の日だったか、あの下書きは日本人が書いたものだと連合国総司令部が発表して新聞に出た。日本の憲法を日本人がつくるのにその下書きは日本人が書いたのだと外国人からわざわざことわって発表してもらわねばならぬほどなんと恥さらしの自国政府を日本国民が黙認していることだろう。

この部分は当時のＧＨＱの検閲によって削除されたが、それは憲法が「連合軍総司令部」が書いたものであるという事実を指していたからである。いずれにしても、中野重治は虚飾にみちた式典が「正味一分」で全て終り、国民が「だれ一人憲法のケンの字も口にしない」事実を、作家として描き、いや一人の「正気」ある日本人として同時代の人々へ、そして今日のわれわれにも突きつけたのである。

それはいいかえれば、アメリカに従属し依存することで、日本を経済的に復興させることを選んだ吉田茂などの戦後の「保守」政治への鋭い批判ともなっている。もちろん。占領下にあって日本の進路を定めなければならなかった政治家たちは、吉田茂をはじめ東西の冷戦構造のなかでの自由主義陣営に加わり、米国との関係を抜きにすることはできなかった。講和独立と日米安保体制を対にすることで、日本の復興と安全保障を目ざしたからである。

しかし、その冷戦構造が崩れてすでに三十年、トランプ現象を見るまでもなく、また中国の「帝国」化の現実を前に、アメリカの一極支配は完全に終焉をむかえている。このようなときこそ、真に国家の自立をめざす建全なるナショナリストの政治家が出現しなければならない。国民は決して独裁者を求めてはいない。日本人が自らの歴史のなかで知っているのは、中野重治がその詩「豪傑」でうたったような矜持と差恥心を持った、廉直で豪毅な政治家に他ならない。売国政治家は束の間の利益をむさぼって消え去るだろう。アメリカニズムの洗礼を受けた団塊の世代の後の、冷戦以降の世界状況を冷静に見つめ、新しい「国家」論のヴィジョンを示しうる政治家が、次の世代から生まれてくるのではないか。そう思いたいが、平成という時代の無残さのなかにいまだ立ち続けている感は強い。

あとがき

平成十六（二〇〇四）年に書き下ろしで『非戦論』（NTT出版）という本を出した。内村鑑三やカール・バルトなどのキリスト教神学の研究に没頭してきた私は、キリスト教の終末論が内包する根源的な「平和」論に関心を抱き、日露戦争をきっかけに「非戦論」という言葉をわが国において積極的に用いた内村鑑三の思想に、現代的な意義を見出してみたいとの思いからであった。戦後日本では、内村の非戦論を、戦争放棄をうたった日本国憲法の精神と結びつけようとすることはあっても、その終末論（再臨思想）を本格的に受けとめることはほとんどなかった。

二〇〇〇年の九月に、私はたまたまイスラエルに行ったが、その直後にパレスチナ側のインティファーダ（民衆蜂起）が起こり、中東情勢は血で血を洗う混沌と化していた。そして二〇〇一年の米国同時多発テロ事件に始まる、二十一世紀の〈戦争〉が激化していったことが、執筆の背景にはあった。

内村鑑三の非戦論は、「ひたすら生命が大事」との戦後日本の反戦・平和論とは大きく異なることも主張したかったのだが、キリスト教界からは（予想はしていたが）完全に無視された。私が勤務する関東学院大学でもシンポジウムを開催してくれたが、残念ながら話がかみ合った印象はなかった。

そんな折に、漫画家として社会問題や歴史に積極的な発言を続ける小林よしのり氏から、氏が責任編集をする『わしズム』誌で拙著をめぐって対談する機会をいただいた。小林氏とは初対面であったが、内村の非戦論を驚くほど深く理解されており、日本人の倫理と「絶対平和」の精神について存分に語り合えたことは大変嬉しかった。以後、私は毎号のように執筆の場を与えられ、平成十七年から平成二十一年、『わしズム』第十五号から二十九号までの各号で書いたものが本書である。平成が終わるにあたり、掲載原稿に大幅に加筆修正を加えて、一冊にまとめた。

この素晴らしい舞台を提供いただいた小林よしのり氏に改めて御礼申し上げたい。また今回の上梓に際しては、『北の思想　一神教と日本人』（書籍工房早山）に続き、関東学院大学人文学研究所の出版助成を受けることができた。同研究所所長の中村克明教授と所員の各先生方、刊行までお手数をかけた庶務課の間宮美乃里さんに心より感謝したい。

最後になったが、平成二十九（二〇一七）年九月に、『虚妄の「戦後」』刊行の際にも尽力いただいた論創社の志賀信夫氏に今回もお世話になった。学生時代以来の交友も四十年余りに及ぶが、編集者であると同時に舞踏や演劇等の批評家として活躍する志賀君の眼鏡にかなう文章となったのか、なっていれば嬉しく思う。そして前著に引き続き、本書の刊行を勧めていただいた論創社社長の森下紀夫氏に深く感謝申し上げたい。

令和元年八月八日

関東学院大学金沢文庫校舎研究室にて

富岡　幸一郎

の弟子のアイヌ、キリスト教徒の姉などさまざまな登場人物が、開発とアイヌ文化の保全で争う物語を北海道の自然を舞台に描き出した。アイヌ民族自決という、少数民族問題や民族差別として今日につながる問題を浮かび上がらせた。＊実在するアイヌ彫刻家砂澤ビッキ、後にその妻になる東京から来た女性画家というモデル小説。

【映像作品】

『森と湖のまつり』監督：内田吐夢、出演：高倉健、香川京子、1958年

中野 重治

なかの・しげはる。1902～1979年。明治35（1902）年福井県生まれ。大正12（1923）年関東大震災で金沢に避難中の室生犀星に師事。大正13年東大独文入学。大正14年『裸像』を深田久弥らと創刊。昭和元（1926）年日本プロレタリア芸術連盟中央委員。昭和5年女優原泉と結婚。昭和7年に検挙され9年に転向を条件に出獄。終戦後、日本共産党に再入党し、昭和22年から3年間参議院議員。昭和39年部分核停条約批准で志賀義雄らと「日本のこえ」派。日本共産党除名。昭和53年朝日賞受賞。昭和54年胆のう癌で死去。

【主な著作】

『歌のわかれ』
『梨の花』
『甲乙丙丁』
『斎藤茂吉ノオト』
『啄木』
『鷗外 その側面』
『むらぎも』
『萩のもんかきや』
『梨の花』
『五勺の酒』
『小林多喜二と宮本百合子』
『中野重治全集』全28巻、筑摩書房
『定本版中野重治全集』全28巻、筑摩書房
『レーニンのゴォリキーへの手紙』翻訳、岩波文庫

【作品解説】

『五勺の酒』

戦後、憲法公布を告げる天皇を皇居前で見た中学校長の独白小説。「僕は天皇個人に同情を持っているのだ（中略）家庭がない。家族もない。（中略）個人が絶対に個人としてありえぬ。（中略）どこに、おれは神ではないと宣言せねばならぬほど蹂躙された個があっただろう」天皇制に反対し戦ったマルクス主義文学者が、天皇個人には同情を抱いていたということだが、共産党員の友人の反論の後半を予定していたが、書かれなかった。

出典：各種書籍、Wikipediaをはじめとする各サイトを参考にしました。　文責：編集部

館（東洋大学）で苦学。明治23年五百羅漢寺（当時東京）で出家。五百羅漢寺の住職を勤めるが、明治30年サンスクリット語・チベット語の仏典を求めてチベットへ。明治36年帰国し翌年、『西蔵旅行記』。大正10（1921）年還俗。大正大学教授に就任しチベット語研究。晩年は蔵和辞典の編集。昭和20（1945）年防空壕入口で転落し脳溢血を起こし死去。＊平成19（2007）年ネパール国立公文書館に慧海寄贈の仏書275点が確認される。

【主な著作】
『西蔵旅行記』（『チベット旅行記』）
『入菩薩行』
『仏教に現れたる長生不老法』
『西蔵伝印度仏教歴史』
『梵蔵伝訳法華経』
『印度歌劇シヤクンタラー姫』
『菩薩道』
『在家仏教』
『平易に説いた釈迦一代記』
『ヒマーラヤ山の光：苦行詩聖ミラレエパ』
『正真仏教』
『第二回チベット旅行記』
『河口慧海日記ーヒマラヤ・チベットの旅』
『河口慧海著作集』全24巻、うしお書店、USS出版

【作品解説】

『チベット旅行記』

　チベットへ行く理由や経緯を述べ、行ってから戻るまでの約6年の記録。25歳で漢訳一切経を読んだときに、漢訳を日本語に訳しても正しいのか、サンスクリットの原典は一つなのに漢訳はいくつもあり、まったく逆の意味のものもある。本来の意義から隔たっているのではないか。原典にあたろうとチベット行きを決意。住職の仕事を投げ打ち資金をつくり、チベット語を学ぶ。周囲の声も気にしない。泥棒や強盗にあわないように乞食をしていく。ろくな装備もなく氷の川を泳ぎ、ヒマラヤ超えをする、中国僧に化けて、関所も知恵と勇気で突破するという手に汗握る冒険記。

武田 泰淳

　たけだ・たいじゅん。1912～1976年。明治45（1912）年東京・本郷の浄土宗の寺に生まれる。東京大学中国文学科入学。竹内好と知り合う。左翼活動で逮捕され釈放後大学を中退。昭和12年中国戦線に送られるが2年後除隊。昭和18年『司馬遷』。昭和22年北海道大学法文学部助教授。翌年『近代文学』同人となり退職し帰京。＊昭和26年文壇バー「ランボオ」の鈴木百合子が妊娠し、長女花の誕生とともに結婚。昭和29年『ひかりごけ』。昭和46年糖尿病由来の脳血栓により片麻痺で、＊以後は妻百合子の口述筆記。昭和48年『快楽』日本文学大賞など各賞を受けるが、国家による賞や芸術院会員などは辞退。昭和51年胃がん・肝臓がんで死去。妻は随筆家武田百合子、娘は写真家武田花。兄は水産生物学者大島泰雄。

【主な著作】
『司馬遷』
『蝮のすゑ』
『愛のかたち』
『風媒花』
『ひかりごけ』
『森と湖のまつり』
『富士』
『快楽』
『目まいのする散歩』
『武田泰淳全集』全16巻、筑摩書房
『武田泰淳中国小説集』全5巻、新潮社
『武田泰淳全集』増補版、全18巻・別巻3、筑摩書房

【作品解説】

『森と湖のまつり』

　アイヌの風俗を描く女性画家、農学者とそ

社
『江藤淳コレクション』全4巻、ちくま学芸文庫
【作品解説】
「ペンの政治学」(『批評と私』所収)
1984年に日本ペンクラブが、東京で開催される国際ペンクラブの議題として「核状況下の文学――なぜわれわれは書くのか」を出したときに、その決議に一人反対したのが江藤淳だった。江藤は、それを政治的であり、ペン憲章に違反しているとして批判した。そのときの文章である。なお、江藤が指摘した、国際ペン憲章の第二項は以下である。「2　芸術作品は、汎く人類の相続財産であり、あらゆる場合に、特に戦時において、国家的あるいは政治的な激情によって損われることなく保たれねばならない」(日本ペンクラブのFacebookより)

内村 鑑三

うちむら・かんぞう。1861～1930年。万延2(1861)年東京生まれ。＊母の名がヤソ。耶蘇といえばキリスト教。明治6(1873)年12歳で英語の有馬学校入学。＊同級生に初期オリンピックの三島弥太郎、後に日銀総裁。明治7年東京外国語学校(東京外語大)入学。病気で一年遅れ新渡戸稲造と同級。明治10年札幌農学校入学。クラーク博士の影響を受ける。明治11年受洗。最初の結婚に失敗し明治17年私費で米国に渡る。＊フィラデルフィアの知的障害児養護学校で看護人。明治21年帰国。＊明治23年第一高等中学校(東大教養学部)嘱託教員。翌年、教育勅語奉読式で明治天皇親筆の署名に「最敬礼」しなかった問題で「不敬事件」。教員の道を閉ざされ伝道者の道を歩む。明治25年東大教授井上哲次郎により「不敬事件」再燃。明治30年『万朝報』英文欄主筆。足尾銅山鉱毒問題を取り上げ原因を経営者古河市兵衛の人災と述べる。明治34年月刊『無教会』発刊。日清戦争は支持していたが、日露戦争開戦前に非戦論『戦争廃止論』を発表。＊戦争反対を強く訴えたが「徴兵拒否したい」青年には「家族のためにも兵役には行った方がいい」と「不義の戦争時には兵役を受容」。第一次大戦によってキリスト再臨信仰を主張し議論となる。大正12年後継者と期待の有島武郎が人妻波多野秋子と心中。昭和5(1930)年心臓病で死去。＊内村鑑三の長男内村祐之は、東京大学医学部の精神科医で第3代日本プロ野球コミッショナー。

【主な著作】

『余は如何にして基督信徒となりし乎』

『基督信徒のなぐさめ』

『地人論』

『デンマルク国の話』

『キリスト教問答』講談社学術文庫
『内村鑑三全集』全40巻、岩波書店、1984年
【作品解説】

『デンマルク国の話』

ドイツ・オーストリアに戦争で負け、国土を大幅に失ったデンマークが、エンリコ・ダルガスの土地開発によって、植林で豊かな土地を得て、英米より豊かな国となった歴史を描いた。内村はこの話から、1. 戦争に負けることは必ずしも不幸ではない。2. 自然の生産力は無限。3. 国の力は軍隊でも金でもなく信仰、と信仰の力を述べる。

河口 慧海

かわぐち・えかい。1866～1945年。慶応2(1866)大阪府堺市生まれ。漢籍を学び米国宣教師から英語を学ぶ。明治19(1886)年同志社英学校(同志社大学)に入学するが困窮で退学。明治21年堺市立宿院小学校教員。翌年上京し井上円了の哲学

琉球政府、沖縄県庁職員。昭和42年『カクテル・パーティー』で芥川賞受賞。昭和58年から昭和61年まで沖縄県立博物館長。

【主な著作】

『カクテル・パーティー』
『日の果てから』
『小説琉球処分』
『ぱなりぬすま幻想』
『風の御主前　小説・岩崎卓爾伝』
『神島』
『朝、上海に立ちつくす―小説東亜同文書院』
『神の魚』
『ノロエステ鉄道』
『日の果てから』
『恋を売る家』
『水の盛装』
『普天間よ』
『大城立裕全集』全13巻、勉誠出版

【作品解説】

『カクテル・パーティー』

本土復帰前、米国統治下の沖縄。役所勤めの主人公は、米国人ミラー、中国人弁護士孫、本土出身の新聞記者小川の四人で中国語研究サークルをつくっている。離れを米兵ハリスに貸している。基地内のパーティに招待され楽しんでいたその時間、高校生の娘がハリスにレイプされた。三人に相談するが、孫は戦争中、妻が日本兵にレイプされた過去を語る。日本による中国への加害と占領者、占領された日本とその意識を描く。

江藤 淳

えとう・じゅん。1932～1999年。本名は江頭淳夫（えがしら・あつお）昭和7（1932）年東京都新宿生まれ。＊小学校時代は不登校で「学校のない国に行けたら」と夢想、鎌倉に移転し成績上昇。昭和21年湘南中学で1年上に石原慎太郎。日比谷高校に進学。昭和28年東京大学受験に失敗して慶應義塾大学文学部入学。昭和30年『三田文学』の「夏目漱石論」で江藤淳を名乗る。＊慶應大学院に進むが指導教授西脇順三郎から嫌われ「今日は江藤君がいるから授業しない」と。昭和33年石原慎太郎、大江健三郎、谷川俊太郎、寺山修司らと「若い日本の会」を結成し60年安保に反対。昭和37年プリンストン大学留学。昭和39年に帰国して保守の思想的立場を固める。昭和42年遠山一行、高階秀爾、古山高麗雄と『季刊藝術』創刊。昭和46年東京工業大学助教授、のち教授。昭和50年＊博士論文『漱石とアーサー王伝説』が大岡昇平と論争に。昭和51年＊NHKドキュメンタリードラマ『明治の群像』脚本。昭和54年ワシントンで米軍占領下の検閲事情を調査。平成10（1998）年妻慶子死去。自身も脳梗塞の後遺症に苦しむ。平成11年剃刀で手首を切り自殺。＊小和田雅子（現皇后）は従姉妹の娘。＊エッセイ「『ごっこ』の世界が終ったとき」で全共闘運動を「革命ごっこ」、三島由紀夫自決を「軍隊ごっこ」と斬り捨て、三島自決直後の小林秀雄との対談「歴史について」では「三島由紀夫は一種の病気」であると断言した。

【主な著作】

『奴隷の思想を排す』
『作家は行動する』
『小林秀雄』
『成熟と喪失』
『漱石とその時代』
『海は甦える』
『自由と禁忌』
『閉された言語空間　占領軍の検閲と戦後日本』
『南洲残影』
『批評と私』
『妻と私』
『江藤淳著作集』『同続』全11巻、講談社
『新編 江藤淳文学集成』全5巻、河出書房新

カ月の判決が未決通算で釈放され昭和 22 年復員。昭和 23 年日本映画協会、昭和 25 年河出書房などを経て、昭和 42 年江藤淳、高階秀爾らと創刊した『季刊藝術』編集長。＊森敦を見出した。編集者で一生を送るつもりが、円地文子が原稿を落とした（間に合わない）ときに江藤淳の勧めで発表した『墓地にて』が評価され、二作目『プレオー８の夜明け』で昭和 45 年芥川賞。平成 14（2002）年心筋梗塞で死去。＊編集者と作家の二束のわらじだった。＊「孤独死」というエッセイを書いた 40 日後、孤独死した。＊元ミス日本のタレント春名愛海は孫。

【主な著作】

『プレオー８（ユイット）の夜明け』

『小さな市街図』

『風景のない旅』

『蟻の自由』

『今朝太郎渡世旅』

『兵隊蟻が歩いた』

『他人の痛み』

『断作戦』

『竜陵会戦』

『セミの追憶』

『フーコン戦記』

『妻の部屋　遺作十二篇』

【作品解説】

『セミの追憶』

昭和 19 年、ビルマの寒村・ネーパン村の慰安所。主人公は「中庭の長腰掛に腰をおろし、ぼんやりと仲間の終わるのを待っているばかり」だったが、「一度だけ春子だったか春江だったか、そういう体の大きい慰安婦に誘われ、性交した」チビだった主人公は、「春子と性交すると、大木にとまったセミになったような気がする」という日々の追憶。「彼女は、どこかで生きているだろうか。（中略）どのように思っているだろうか」

目取真 俊

めどるま・しゅん。1960 年～。昭和 35（1960）年沖縄生まれ。本名、島袋正。平成 9（1997）年『水滴』で芥川賞受賞。沖縄戦の記憶を背負って生きる人々の姿などを描く。平成 16 年小説『風音』を自ら脚本化し東陽一監督が映画化。モントリオール世界映画祭イノベーション賞受賞。

【主な著作】

『魚群記』

『水滴』

『魂込め（まぶいぐみ）』

『群蝶の木』

『風音』

『虹の鳥』

『眼の奥の森』

『目取真俊短篇小説選集』全３巻、影書房

【作品解説】

『虹の鳥』

在日米軍や沖縄の暴力団にからむ若者の姿を描く。中学生からワルのリーダーで、生命をなんとも思わない非情な心の闇と、その子分で美人局のような仕事を強いられる若者の日常が描かれる。下級生から金品を脅し取り、女子中学生や女子高校生をクスリ漬けにして売春と恐喝の片棒を担がせる。リーダーへの上納金に困ると母親に金をせびりにいく。米軍兵士の子どもが街路樹に吊される夢想の光景が出てくる。

【映像作品】

『風音（ふうおん）』原作・脚本：目取真俊、監督：東陽一、出演：上間宗男、加藤治子、2004 年

大城 立裕

おおしろ・たつひろ。1925 年～。大正 14（1925）年沖縄県中城村出身。昭和 18（1943）年上海の東亜同文書院大学に入学し、昭和 21 年敗戦で中退。高校教師を経て

に」と安吾。昭和9年酒場ボヘミアンのお安と同棲から放浪流転の生活に。昭和19年＊徴兵逃れで日本映画社の嘱託。昭和20年召集令状に応召せず。＊戦後ヒロポン（覚醒剤）中毒、加えてアドルム、ゼドリンを大量に服用し幻聴、幻視。昭和24年東京大学医学部附属病院神経科入院。＊流行作家の収入も使い切り税金滞納で差し押さえられ税金不払い闘争。＊伊東競輪でレースに不正があったと静岡県自転車振興会告訴。アドルム中毒の被害妄想で居場所を変え、＊檀一雄の家で「ライスカレーを百人前頼んでこい」と妻に言いつけ近所の食堂や蕎麦屋から庭に出前が積み上げられる「ライスカレー百人前事件」。昭和27年＊「信長」を新聞『新大阪』に覆面作家として連載し、作者名を当てる懸賞募集は半分弱が正解。昭和30年脳出血で死去。

【主な著作】

『不連続殺人事件』
『明治開化 安吾捕物帖』
『南京虫殺人事件』
『二流の人』
『真書太閤記』
『風博士』
『姦淫に寄す』
『白痴』
『女体』
『戦争と一人の女』
『桜の森の満開の下』
『肝臓先生』
『夜長姫と耳男』
『花咲ける石』
『堕落論』
『戦争論』
『負ケラレマセン勝ツマデハ』
『安吾行状記』
『砂をかむ』
『定本坂口安吾全集』全13巻、冬樹社
『坂口安吾評論全集』全7巻、冬樹社
『坂口安吾選集』全12巻、講談社
『坂口安吾全集』全17巻・別巻、筑摩書房

【作品解説】

太平洋戦争末期、主人公の小説家は酒場の主人の妾と生活をはじめた。女は不感症だが淫奔だった。家庭的ではないが、妙に惹かれ合い、戦争で破滅するからと、戦争を楽しむような退廃的生活を送る。空襲が激しくなり、火の手が迫るなか、死を覚悟していたはずの女は、火から家を守るようにと、主人公に懇願することになる。GHQの検閲で大幅に削除されていたが、昭和46年に復活した。

【映像作品】

『天明太郎』監督：池田忠雄、出演：佐野周二、1951年
『負ケラレマセン勝ツマデハ』監督：豊田四郎、出演：森繁久彌、1958年
『桜の森の満開の下』監督：篠田正浩、出演：若山富三郎、1975年
『不連続殺人事件』監督：曾根中生、出演：瑳川哲朗、1977年
『カンゾー先生』監督：今村昌平、出演：柄本明、1998年
『白痴』監督：手塚眞、出演：浅野忠信、1999年
『戦争と一人の女』監督：井上淳一、脚本：荒井晴彦他、出演：江口のりこ、2013年

古山 高麗雄

ふるやま・こまお。1920～2002年。大正9(1920)年満洲生まれ。昭和15(1940)年第三高等学校（名古屋大学）に入学したが遊郭に通い親の仕送りを使い果たし退学。昭和17年徴兵検査に合格して仙台の歩兵連隊に配属され、幹部候補生要員に編入されたが、＊軍人勅諭の暗唱を拒み落第。各地を転戦してラオスで終戦。BC戦犯容疑者としてベトナム・サイゴン刑務所に収容。禁固8

『中勘助の恋』評論
『ひべるにあ島紀行』
『釈迢空ノート』評論
『西鶴の感情』評論
『三人の女』ガートルード・スタイン、翻訳
【作品解説】
『波うつ土地』
夫のいる主人公は44歳。42歳の既婚男性カツミと知り合い、言葉によるコミュニケーションができないと感じたので、ホテルで「性的交流による会話」にふける。そのセックスにも飽きて、カツミを30歳の友人組子に託して外国に旅立つ。すると組子は手紙で「カツミと関係をもった」と告げてきて、帰国すると組子は妊娠していた。人間関係を築いては壊し、新たな関係を築くという物語。著者富岡多恵子は「この作品で登場人物を男、女という与えられた役割から解放しようと試みた」と述べた。

舞城 王太郎

まいじょう・おうたろう、1973年～。昭和48（1973）年福井県出身。覆面作家で詳細不明。平成13（2001）年『煙か土か食い物』メフィスト賞受賞でデビュー。平成15年『阿修羅ガール』選考委員の筒井康隆が評価し三島由紀夫賞。＊三島賞授賞式に欠席。作家のモブ・ノリオが次の芥川賞受賞時の記者会見で「舞城王太郎です」と挨拶した。＊芥川賞に数度候補作となり、池澤夏樹・山田詠美が推すが、石原慎太郎や宮本輝が批判的。

【主な著作】

『煙か土か食い物』

『暗闇の中で子供』

『世界は密室でできている。』

『阿修羅ガール』

『九十九十九』

『みんな元気。』

『山ん中の獅見朋成雄』

『ディスコ探偵水曜日』

『ビッチマグネット』

『淵の王』

『コールド・スナップ』トム・ジョーンズ、翻訳
【作品解説】

『みんな元気。』

夜中に目ざめると、隣の姉が眠りながら浮かんでいた。街が竜巻に襲われて、妹が空飛ぶ一家に誘拐され、家族が交換されるそこに殺人事件などが絡んでいく。そして「家族なんて交換可能」というテーマが浮かび上がる。読点と改行を極力省き、擬音表現も多い独特の文体で描かれた秀逸な中編小説。

【映像作品など】

「龍の歯医者」原案・脚本・絵コンテ・監督：舞城王太郎、アニメーション監督：鶴巻和哉、2014年
「ハンマーヘッド」原案・脚本・絵コンテ・監督：舞城王太郎、アニメーション監督：前田真宏、2015年
『NECK』舞台。原作：舞城王太郎、劇作：竹内佑、演出：河原雅彦、2010年
『NECK　ネック』原案：舞城王太郎、監督：白川士、2010年

坂口 安吾（さかぐち・あんご）

1906～1955年。本名、炳五（へいご）。明治39（1906）年新潟県生まれ。漢詩人でもあった父衆議院議員、仁一郎は政治活動に金銭を注ぎ家は傾いた。大正14（1925）年父の借金で世田谷区代沢小学校の代用教員。大正15年東洋大学印度哲学倫理学科入学。睡眠時間4時間で仏教・哲学書を読み漁り神経衰弱。昭和3（1928）年神田のアテネ・フランセでフランス語。昭和6年ナンセンスな処女小説「木枯の酒倉から」。＊「短篇小説をたつた三つ書いただけで一人前の文士

強い希望を持つが、西洋的文明開化と圧政、さらに山林国有化により伐採が禁じられ、抗議運動を起こす。上京して国学を活かそうと教部省に勤めるが辞職。明治天皇の行列に憂国の和歌の扇を献上しようとして騒動。飛騨の神社の宮司になるが郷里へ戻る。四十歳で隠居し次第に酒浸りになり、精神を病み、寺の放火未遂で座敷牢に監禁され、自らの排泄物を投げつける廃人となり病死。

【映像作品】

『夜明け前』脚色：新藤兼人、監督：吉村公三郎、1953 年

小島信夫

こじま・のぶお、1915 ～ 2006 年。大正 4（1915）年岐阜市生まれ。昭 16（1941）年東京大学英文科卒。卒業論文は『ユーモリストとしてのサッカレイ』。翌年から中国東北部で従軍、昭和 21 年復員し、昭和 23 年から高校教師、明治大学助教授を経て教授。＊初期は吉行淳之介、遠藤周作らと第三の新人と呼ばれた。昭和 30 年『アメリカン・スクール』芥川賞。昭和 40 年『抱擁家族』谷崎潤一郎賞。昭和 47 年『別れる理由』日本芸術院賞・野間文芸賞。平成 18（2006）年肺炎で死去。

【主な著作】

『アメリカン・スクール』
『墓碑銘』
『女流』
『私の作家評伝』
『私の作家遍歴』
『抱擁家族』
『靴の話・眼』
『公園・卒業式』
『ハッピネス』
『別れる理由』
『静温な日々』
『うるわしき日々』
『小島信夫全集』全 6 巻　講談社
『小島信夫批評集成』全 8 巻、水声社
『小島信夫短篇集成』全 8 巻、水声社
『小島信夫長篇集成』全 10 巻、水声社
『ハックルベリ・フィンの冒険』マーク・トウェイン、翻訳

【作品解説】

『抱擁家族』

夫婦と子ども 2 人の外から見ると幸福そうな家族。家族ぐるみで交際していたアメリカ兵と妻が姦通し、そのことで家族のあり方を模索する。家に入る家政婦などにも、大学講師の主人公三輪俊介ははっきりした態度を取れない。妻の姦通を問い詰めると逆ギレされる。姦通を言いつけた家政婦をクビにして、若い娘を雇うと息子と関係を持ってしまう。やがて妻が乳がんになり闘病生活。どうすれば家族は完璧な家族になれるのだろうか。

富岡 多恵子

とみおか・たえこ、1935 年～。昭和 20（1935）年大阪生まれ。大阪女子大学文学部英文科卒業。1970 年代、＊美術家池田満寿夫のパートナーとして知られるが、後に池田はヴァイオリニスト佐藤陽子と結婚。昭和 33 年詩集『返礼』H 氏賞。昭和 48 年『植物祭』田村俊子賞、『冥土の家族』女流文学賞、平成 9（1997）年『ひべるにあ島紀行』野間文芸賞。＊フェミニストで上野千鶴子、小倉千加子と『男流文学論』。＊夫は現代美術の菅木志雄。日本芸術院会員。上方お笑い大賞選考委員。

【主な著作】

『返礼』詩集
『物語の明くる日』
『心中天網島』映画脚本
『植物祭』
『冥土の家族』
「立切れ」

る。「自分の生れて育つた津輕を、よく見て置かうと思ひ立つたのである」。主人公（津島修治）は久しぶりに故郷・金木町（旧・金木村）に帰ることになった。そのついでに、津軽各地を見て回ることにして、懐かしい人々と再会する。そして小泊村を訪ね、かつて自らの子守りをしてもらった越野タケを探し当てるという物語。

【映像作品】

『看護婦の日記』原作「パンドラの匣」監督：吉村廉、1947年

『パンドラの匣』監督：冨永昌敬、2009年

『グッドバイ』監督：島耕二、1949年

『BUNGO 日本文学シネマ　グッド・バイ』テレビドラマ。監督：篠原哲雄、2010年

『真白き富士の嶺』原作「葉桜と魔笛」監督：森永健次郎、1963年

『奇厳城の冒険』監督：谷口千吉、出演：三船敏郎、1966年

『走れメロス』アニメ。監督：おおすみ正秋、1992年

『富嶽百景 遥かなる場所』監督：秋原北胤、2006年

『斜陽』監督：秋原正俊、2009年

『ヴィヨンの妻　桜桃とタンポポ』監督：根岸吉太郎、2009年

『人間失格　ディレクターズカット版』アニメ。監督：浅香守生、2009年

『人間失格』監督：荒戸源次郎、2010年

『HUMAN LOST 人間失格』アニメ。監督：木崎文智、2019年

『人間失格　太宰治と3人の女たち』小説「人間失格」の誕生秘話。監督：蜷川実花、出演：小栗旬、2019年

『BUNGO 日本文学シネマ　黄金風景』テレビドラマ。監督：アベユーイチ、2010年

『女生徒・1936』原作「燈籠」「女生徒」「きりぎりす」「待つ」監督：福間雄三、2013年

島崎 藤村

しまざき・とうそん、1872～1943年。明治5（1872）年岐阜県生まれ。本名島崎春樹。父正樹は国学者で『夜明け前』の主人公のモデル。＊父は明治天皇に憂国の歌の扇を投げて不敬罪に問われ、異母妹と関係を持ち、発狂して座敷牢で亡くなる。明治20年明治学院入学。キリスト教の洗礼を受ける。明治25年明治女学校教師。明治26年北村透谷らと創刊した『文学界』で詩などを発表。＊教え子佐藤輔子を愛しキリスト教を棄教し辞職。明治26年透谷自殺。明治29年初詩集『若菜集』。＊童謡となった「椰子の実」は柳田國男のエピソード。明治38年『破戒』自費出版。明治45年＊妻の死後、姪こま子と愛人関係になり妊娠・出産、養子に出すが関東大震災で行方不明。大正2（1913）年フランスに渡り、大正5年帰国し、翌年慶應義塾大学講師。＊大正7年『新生』でこま子との関係を清算。昭和4（1929）～10年『夜明け前』。日本ペンクラブ初代会長。帝国芸術院会員。＊『戦陣訓』文案作成に参画、日本文学報国会名誉会員。昭和18年脳溢血で死去。

【主な著作】

『若菜集』

『落梅集』

『破戒』

『春』

『家』

『新生』

『夜明け前』

『千曲川のスケッチ』

『藤村全集』全17巻・別巻1、筑摩書房

【作品解説】

『夜明け前』

「木曾路はすべて山の中である」の書き出しで知られる小説。17代続く本陣・庄屋の当主青山半蔵は平田派の国学を学び、尾張藩を批判。下層階級へ同情心が強く明治維新に

育ての親である伯母。妻の文など多くの女性が登場し、発狂した友として宇野浩二、さらに夏目漱石なども登場する。「人生は一行のボオドレエルにも若かない」という文章が有名。＊ピース又吉の芥川賞受賞作『火花』は、この中の「花火」から着想を得ている。

【映像作品】

『羅生門』監督：黒澤明、出演：三船敏郎、1950年

『暴行』原作「羅生門」監督：マーティン・リット、出演：ポール・ニューマン、1964年

『美女と盗賊』原作「偸盗」監督：木村恵吾、1952年

『地獄変』監督：豊田四郎、1969年

『妖婆』監督：今井正、出演：京マチ子、1976年

『蜘蛛の糸』原作「蜘蛛の糸」「煙草と悪魔」「アグニの神」監督：秋原正俊、出演：平幹二朗、2011年

『河童 kappa』原作「河童」監督：秋原正俊、2006年

『籔の中』監督：佐藤寿保、1996年

『MISTY』原作「薮の中」監督：三枝健起、脚本：井上由美子、1997年

『TAJOMARU』原作「薮の中」監督：中野裕之、出演：小栗旬、2009年

『アイアン・メイズ ピッツバーグの幻想』原作「藪の中」監督：吉田博昭、1991年

『南京の基督』原作「南京の基督」「歯車」監督：トニー・オウ、1995年

『BUNGO 日本文学シネマ 魔術』テレビドラマ。監督：熊切和嘉、2010年

太宰 治

だざい・おさむ、1909～1948年。本名津島修治。明治42（1909）年青森県の大地主の家に生まれる。昭和2（1927）年弘前高等学校入学。芥川龍之介の自殺に衝撃を受ける。昭和3年プロレタリア文学の影響を受けた『無限奈落』。昭和4年カルモチン自殺を図る。昭和5年東京大学仏文科入学。井伏鱒二に弟子入り。18歳の女給田部シメ子と鎌倉の海でカルモチン心中、太宰は生き残る。自殺幇助罪に問われるが起訴猶予。昭和10年鎌倉で首吊り自殺を図る。手術で鎮痛剤パビナールの注射を受け、以後中毒。授業料未納で大学を除籍。昭和12年親類の画学生が妻、初代との不貞行為を告白。太宰、水上温泉で初代とカルモチン自殺未遂、離別。昭和13年井伏鱒二の紹介で石原美知子と結婚。甲府市、東京・三鷹に転居。昭和16年肺湿潤で徴用免除。昭和22年太田静子との間に娘太田治子（後に作家）誕生。昭和23年玉川上水で山崎富栄と入水自殺。＊遺書「小説を書くのがいやになつたから死ぬのです」＊翌年、元オリンピック選手で小説家の田中英光が太宰の墓前で自殺。

【主な著作】

『晩年』

『津軽』

『お伽草紙』

『人間失格』

『女生徒』

『富嶽百景』

『駆け込み訴へ』

『走れメロス』

『新ハムレット』

『右大臣実朝』

『斜陽』

『グッド・バイ』

『新ハムレット』

『パンドラの匣』

『ヴィヨンの妻』

『如是我聞』

『決定版太宰治全集』全13巻、筑摩書房

【作品解説】

『津軽』

昭和19年に取材のため津軽地方を旅行す

『それから』
『門』
『彼岸過迄』
『行人』
『こゝろ』
『明暗』
『漱石全集』全 28 巻・別巻 1、岩波書店
『漱石文学全集』全 10 巻、集英社
『筑摩全集類聚 夏目漱石全集』全 10 巻・別巻 1、筑摩書房
『夏目漱石全集』全 10 巻、ちくま文庫
【作品解説】
『現代日本の開化』
明治 44（1911）年に連続講演の第 2 回として和歌山で行った講演。『社会と自分』所収。「開化は人間活力の発現の経路である」が、日本では開化が進むほど生活が困難になっている。西洋の開化は内発的だが日本の開化は外発的で、「ただ上皮を滑って行き、また滑るまいと思って踏張るために神経衰弱になるとすれば、どうも日本人は気の毒と言わんか憐れと言わんか、誠に言語道断の窮状に陥ったものだ」。
【映像作品】
『吾輩は猫である』監督：山本嘉次郎、1935 年
『吾輩は猫である』監督：市川崑、1975 年
『坊っちゃん』監督：丸山誠治、1953 年
『坊っちゃん』監督：番匠義彰、1958 年
『坊っちゃん』監督：市村泰一、1966 年
『坊っちゃん』監督：前田陽一、1977 年
『こゝろ』監督：市川崑、1955 年
『心』監督：新藤兼人、1973 年
『三四郎』監督：中川信夫、1955 年
『それから』監督：森田芳光、1985 年
『ユメ十夜』監督：山口雄大、2006 年

芥川 龍之介

あくたがわ・りゅうのすけ、1892 ～ 1927 年。明治 25（1892）年東京生まれ。母が精神異常で 11 歳のときに亡くなる。明治 43 年一高。大正 2（1913）年東京大学英文科。大正 3 年菊池寛、久米正雄らと『新思潮』（第 3 次）。大正 4 年『羅生門』。夏目漱石門下に。卒論は「ウィリアム・モリス研究」。大正 10 年の中国視察後心身が衰え始め神経衰弱、腸カタル。大正 14 年文化学院文学部講師。昭和 2（1927）年＊義兄が放火と保険金詐欺の嫌疑で鉄道自殺。「物語の面白さ」を主張する谷崎潤一郎に対して「物語の面白さ」が小説の質を決めないと論争。＊妻の友人、平松麻素子と帝国ホテルで二度心中未遂。『続西方の人』を書き上げたあと、致死量の睡眠薬で自殺。＊作曲家芥川也寸志は三男。

【主な著作】

『羅生門』

『鼻』

『蜘蛛の糸』

『芋粥』

『地獄変』

『邪宗門』

『奉教人の死』

『南京の基督』

『杜子春』

『藪の中』

『トロツコ』

『六の宮の姫君』

『侏儒の言葉』

『河童』

『文芸的な、余りに文芸的な』

『歯車』

『或阿呆の一生』

『西方の人』

【作品解説】

『或阿呆の一生』

芥川の自殺後に見つかった遺言的文章。親友久米正雄に向けた冒頭、20 歳から自殺する直前までの心情がつづられる。狂った母。

林 房雄

はやし・ふさお、1903 ～ 1975 年。明治 36（1903）年大分県大分市出身。本名後藤寿夫。一時の筆名は白井明。銀行家の家で家庭教師として働き苦学。東京大学法学部中退。大正 15（1926）年京都学連事件で検挙、禁固 10 カ月。プロレタリア文学作家として出発し、昭和 5（1930）年治安維持法違反で検挙、豊多摩刑務所収監。昭和 7 年転向して出所。『作家として』で転向表明。＊鎌倉浄明寺に住み川端康成を隣に誘う。昭和 23 年戦争協力により公職追放。昭和 27 年妻繁子が自殺。戦後は中間小説の分野で流行作家となった。昭和 38 年『大東亜戦争肯定論』が物議を醸した。昭和 50 年胃癌で死去。

【主な著作】

『青年』
『浪曼主義のために』
『壮年』
『乃木大将』
『アジアを拓く少年義勇軍』
『亜細亜の娘』
『転向に就いて』
『白夫人の妖術』
『息子の青春』
『妻の青春』
『良人の青春』
『大東亜戦争肯定論』
『続・大東亜戦争肯定論』
『文明開化』
『西郷隆盛』
『神武天皇実在論』
『クーゲルマンへの手紙』マルクス、翻訳
『第三インタナショナル』レーニン、翻訳
『幸運の脚』E・S・ガードナー、翻訳
『林房雄著作集』全 5 巻中 3 巻刊行、翼書院

【作品解説】

『大東亜戦争肯定論』

日本近代史を、アジアを植民地化した欧米に対する反撃の歴史「東亜百年戦争」とし、大東亜戦争はアジア独立のための戦いだったとする。原動力は経済的要因ではなくナショナリズムであったとして、「武装せる天皇制」だったと述べる。だがその理念が捻じ曲げられ「アジア相戦う」ことになったことは悲劇、「歴史の非情」だとする。題名から想像される全面肯定論ではなく、昭和天皇に戦争責任はあると述べている。戦争協力作家として文壇から干されていた憤懣をぶち上げた著作ともいわれる。

夏目 漱石

なつめ・そうせき、1867 ～ 1916 年。本名、金之助。慶応 3（1867）年東京都新宿区生まれ。明治 22（1889）年正岡子規と出会う。明治 23 年東京大学英文科入学。神経衰弱。明治 25 年早稲田大学講師、明治 26 年高等師範学校（筑波大学）講師、明治 28 年愛媛県尋常中学校教師（松山）、明治 29 年第五高等学校教授（熊本）。＊中根鏡子と結婚するが後にヒステリーで鏡子投身自殺未遂。明治 33 年イギリス留学。明治 35 年帰国。明治 36 年東京大学講師。＊教え子・藤村操の入水自殺にショックを受ける。明治 38 年『吾輩は猫である』。明治 40 年朝日新聞社入社。明治 43 年伊豆修善寺で大吐血。明治 44 年文部省からの文学博士号授与を辞退。大正 5（1916）年胃潰瘍で死去。＊漱石は正岡子規のペンネームを譲り受けた。＊酒は飲めず甘党。＊脳は東京大学医学部に保管。＊漫画家の夏目房之介は孫。

【主な著作】

『吾輩は猫である』
『坊っちゃん』
『草枕』
『虞美人草』
『三四郎』
『夢十夜』

【主な著作】

『農業本論』

『武士道』（Bushido: the soul of Japan, an exposition of Japanese thought）

『随想録』

『修養』

『修養』

『人生雑感』

『東西相触れて』

『自警録　心のもちかた』

『西洋の事情と思想』

『世渡りの道』

『新渡戸稲造全集』全 23 巻別巻 2、教文館
『新渡戸稲造論集』岩波文庫
【作品解説】

『武士道　日本の魂』（須知徳坪訳）

　ベルギーで「日本には宗教がないのに、どうして道徳教育ができるのか」といわれ、それが武士道にあると気づき執筆。第一章：道徳体系としての武士道。武士道は古代から受け継がれてきた日本固有の観念。武士の精神が文武の徳の根本。第二章：武士道の淵源。仏教と神道。忠君、祖先崇拝、親孝行。神道の自然崇拝と祖先崇拝、忠君愛国。道徳的教養は孔子、孟子による。第三章：義または正義。義は最も厳しい教訓。卑劣な行動や不正をせず「義士」として生きる。義と勇は武士の徳。第四章：勇気・敢為賢忍の精神。孔子によれば「勇気とは義をなすこと」。第五章：仁・惻隠の心。愛情、寛容、同情、憐憫は最高の徳。孔子、孟子「仁は人なり」。仁愛を行うのに正義と義をもってする。このようにして仏教、神道、儒教を合わせ、それまでなかった「武士道」という精神思想を打ち立てた。

野間 宏

　のま・ひろし、1915 ～ 1991 年。大正 4（1915）年兵庫県神戸市長田区生まれ。父は僧侶。昭和 7（1932）年第三高等学校（名古屋大学）在学中、同人誌「三人」を富士正晴（＊野間はその妹と結婚したので義兄）らと創刊。昭和 10 年京都大学に進学し反戦学生運動。卒業後、大阪市役所で被差別部落の仕事を担当。昭和 16 年応召し中国やフィリピンを転戦、マラリアに感染し帰国。昭和 18 年思想犯で大阪陸軍刑務所服役。敗戦後、日本共産党入党。昭和 21 年『暗い絵』。昭和 27 年『真空地帯』毎日出版文化賞。昭和 39 年ソ連追随で日本共産党除名。昭和 46 年『青年の環』谷崎潤一郎賞。昭和 49 年「日本アジア・アフリカ作家会議」初代議長。昭和 63 年度朝日賞。平成 3（1991）年食道癌の合併症で死去。

【主な著作】

『暗い絵』

『崩解感覚』

『真空地帯』

『地の翼』

『さいころの空』

『感覚と欲望と物について』

『肉体は濡れて』

『青年の環』

『サルトル論』

『親鸞』

『狭山裁判』

『完本　狭山裁判』

『作家の戦中日記』

『野間宏全集』全 22 巻、筑摩書房
『野間宏作品集』全 14 巻、岩波書店
【作品解説】

『さいころの空』

　株の相場小説としてベストセラーになる。全編が会話で南波礼吉、倉沢増吉、川村佐助、五島慶太、横井英樹など実在の相場師と実業家をモデルに描いた。株の世界、名うての相場師たちの活動から現代社会の問題を描き出す。現在も通じる金融と株による資本主義という根本原理を示した作品。

ィリピンレイテ島で、主人公の田村上等兵は肺病で部隊を追われ、野火が広がる原野をさまよい、飢えから自分の血を吸った蛭を食べ、友軍の屍体に目を向ける。神への関心が芽生えるが、殺人、人肉食への欲求、同胞を殺し生き延びる戦友という現実から「この世は神の怒りの跡にすぎない」とし、人肉食を含む死の直前の人間の極地を描いた。

【映像作品】

『野火』監督：市川崑、出演：船越英二、1959年。キネマ旬報ベストテン2位、ロカルノ国際映画祭グランプリ

『野火』監督：塚本晋也、出演：塚本晋也、森優作、リリー・フランキー、2015年。ヴェネツィア国際映画祭メインコンペティション正式出品。キネマ旬報ベストテン2位。毎日映画コンクール男優主演賞・監督賞（塚本晋也）

中島 敦

なかじま・あつし、1909～1942年。明治42（1909）年東京生まれ。父母ともに教員。両親の離婚再婚で2人の継母と暮らす。第一高等学校（東京大学）に入学、小説を書き始め、卒業論文は「耽美派の研究」。昭和8（1933）年横浜学園高校教師。昭和16年パラオに教科書編纂掛として赴任。友人、深田久弥の推薦で『山月記』『文字禍』『光と風と夢』を発表。昭和17年帰国するが、持病の気管支喘息で死去。『李陵』などは没後発表。＊『李陵』の題名は深田久弥による。＊小説家折原一は甥（妹の息子）。

【主な著作】

『山月記』

『木乃伊』

『光と風と夢』

『斗南先生』

『李陵』

『古譚』

『中島敦全集』全3巻別巻1、筑摩書房

【作品解説】

『南島譚』

酷い扱いを受けている下男が、夢の中では雇い主同じように贅沢な生活をおくる。その夢が少しずつ現実と交差する『幸福』。妻と愛人の決闘で、相手の衣服をむしり取って勝敗が決するヘルリスという風習を描く『夫婦』など、パラオの昔話に基づき、南洋の風習や民族性、生活や倫理観などを描き、南洋特有の幻想性が強調された作品集。

【舞台作品】

『敦—山月記・名人伝』野村万作、野村萬斎、2005年、2006年、2015年

新渡戸 稲造

にとべ・いなぞう、1862～1933年。文久2（1862）年岩手県盛岡生まれ。明治4（1871）年上京し、明治6年東京外国語学校英語科入学、明治10年札幌農学校第二期生。「少年よ大志を抱け」のクラーク博士は入れ違い、内村鑑三は同期。＊当時、鬱病時代がある。卒業後、東京大学選科入学。明治15年農商務省御用掛、札幌農学校予科教授。明治17年ジョンズ・ホプキンス大学留学。明治20年ドイツ・ボン大学留学。＊明治24年米国人メリー・エルキントン（萬里）と結婚。帰国し札幌農学校教授。明治30年『農業本論』。明治33年英文『武士道』。＊パリ万国博覧会審査員。台湾総督府民政部殖産局長心得、京都大学教授、第一高等学校長、東京大学教授、東京女子大学初代学長、国際連盟事務次長、貴族院議員、東京女子経済専門学校（現・新渡戸文化短期大学）初代校長、拓殖大学名誉教授などを歴任。昭和8（1933）年日本が国際連盟を脱退した後、カナダ・バンフの太平洋会議に出席し、出血性膵臓炎で客死。

【資　料】＊はエピソード

吉田 満

よしだ・みつる。1923 ～ 1979 年。大正 12（1923）年東京生まれ。昭和 17（1942）年東京大学入学、翌年学徒出陣で海軍予備学生、昭和 19 年に予備少尉、戦艦大和に副電測士として乗艦。昭和 20 年天一号作戦（坊ノ岬沖海戦）に参加し生還し、高知の人間魚雷回天の基地に。敗戦後、『戦艦大和ノ最期』執筆。カトリック世田谷教会で洗礼を受ける。のちにプロテスタントの信仰を得る。日本銀行に入りニューヨーク駐在員、青森支店長、仙台支店長、国庫局長、監事を歴任。昭和 54（1979）年肝不全で死去。

【主な著作】

『戦艦大和ノ最期』＊ 1946 ～ 1974 年。当時、GHQ の検閲で全文削除され、口語体にしたものを細川宗吉の筆名で発表し、昭和 49（1974）年まで改稿を重ねた。
『散華の世代』
『鎮魂戦艦大和』
『提督伊藤整一の生涯』
『平和への巡礼』
『戦中派の死生観』遺稿集
『特攻体験と戦後』島尾敏雄と共著
『ドキュメント戦艦大和』原勝洋と共著
『吉田満著作集』上・下、文藝春秋社

【作品解説】

『戦艦大和ノ最期』

吉田満が体験した天一号作戦（坊ノ岬沖海戦）の戦艦大和の出撃から沈没までを描いた戦記文学。

【映像作品】

『戦艦大和』監督：阿部豊、1953 年
『終戦 45 周年記念 3 時間ドラマスペシャル 戦艦大和』テレビドラマ。監督：市川昆、出演：中井貴一、1990 年

大岡昇平

おおおか・しょうへい。1909 ～ 1988 年。明治 42（1909）年東京生まれ。大正 8（1919）年『赤い鳥』に童謡を投稿・入選。大正 10 年青山学院中学部でキリスト教の感化を受ける。大正 15 年成城高等学校入学。昭和 2（1927）年アテネ・フランセでフランス語を学ぶ。昭和 3 年小林秀雄からフランス語個人教授。＊小林を通じて中原中也と知り合う。昭和 4 年京都大学文学部入学。卒業後、国民新聞社、帝国酸素、川崎重工業を経て、昭和 19 年教育召集で東部第二部隊に入営。昭和 20 年米軍捕虜になり、フィリピンレイテ島の俘虜病院に収容され、敗戦後帰国。昭和 24 年『俘虜記』横光利一賞。昭和 27 年『野火』読売文学賞。昭和 53 年『事件』日本推理作家協会賞。昭和 63 年脳梗塞で死去。翌年『小説家夏目漱石』読売文学賞。＊『武蔵野夫人』は『ボヴァリー夫人』にならう姦通小説でベストセラー。＊文壇有数の論争家の「ケンカ大岡」として江藤淳『漱石とアーサー王伝説』を厳しく批判。＊昭和 47 年日本芸術院会員に選ばれたが「捕虜になった過去がある」と辞退。

【主な著作】

『俘虜記』
『武蔵野夫人』
『野火』
『花影』
『レイテ戦記』
『事件』
『成城だより』
『小説家 夏目漱石』
『大岡昇平全集』全 16 巻、中央公論社
『大岡昇平集』全 18 巻、岩波書店
『決定版 大岡昇平全集』全 23 巻・別巻 1、筑摩書房

【作品解説】

『野火』

太平洋戦争末期、敗北が決定的になったフ

富岡幸一郎（とみおか・こうういちろう）
関東学院大学国際文化学部比較文化学科教授、鎌倉文学館館長。1957年生まれ。中央大学文学部仏文科卒業。第22回群像新人文学賞評論部門優秀作受賞。著書『戦後文学のアルケオロジー』（福武書店 1986年）『内村鑑三 偉大なる罪人の生涯』（シリーズ民間日本学者15：リブロポート 1988年／中公文庫 2014年）『批評の現在』（構想社 1991年）『仮面の神学 三島由紀夫論』（構想社 1995年）『使徒的人間 カール・バルト』（講談社 1999年／講談社文芸文庫 2012年）『打ちのめされるようなすごい小説』（飛鳥新社 2003年）『非戦論』（NTT出版 2004年）『文芸評論集』（アーツ・アンド・クラフツ 2005年）『スピリチュアルの冒険』（講談社現代新書 2007年）『千年残る日本語へ』（NTT出版 2012年）『最後の思想 三島由紀夫と吉本隆明』（アーツアンドクラフツ 2012年）『北の思想一神教と日本人』（書籍工房早山 2014年）『川端康成　魔界の文学』（岩波書店〈岩波現代全書〉2014年）『虚妄の「戦後」』（論創社 2017年）『生命と直感 よみがえる今西錦司』（アーツアンドクラフツ 2019年）他、共編著・監修多数。

平成椿説文学論

2019年10月20日　初版第1刷印刷
2019年10月30日　初版第1刷発行

著　者　富岡幸一郎
発行人　森下紀夫
発行所　論 創 社
〒101-0051 東京都千代田区神田神保町 2-23　北井ビル2F
TEL：03-3264-5254　FAX：03-3264-5232　振替口座　00160-1-155266
装幀／奥定泰之
印刷・製本／中央精版印刷
組版／フレックスアート
ISBN978-4-8460-1848-1